大田春早

中共四川省作家协会直属机关党委　编

北方文艺出版社

图书在版编目（CIP）数据

　　大田春早：四川省作家协会脱贫攻坚实录 / 中共四川省作家协会直属机关党委编. -- 哈尔滨：北方文艺出版社，2020.12
　　ISBN 978-7-5317-5038-3

　　Ⅰ.①大… Ⅱ.①中… Ⅲ.①纪实文学-作品集-中国-当代 Ⅳ.①I25

　　中国版本图书馆 CIP 数据核字(2020)第 256381 号

大田春早：四川省作家协会脱贫攻坚实录
DATIAN CHUNZAO SICHUANSHENG ZUOJIA XIEHUI TUOPIN GONGJIAN SHILU

编　者 / 中共四川省作家协会直属机关党委

责任编辑 / 李正刚　　　　　　　　装帧设计 / 力扬

出版发行 / 北方文艺出版社　　　　　网　址 / www.bfwy.com
邮　编 / 150008　　　　　　　　　经　销 / 新华书店
地　址 / 哈尔滨市南岗区宣庆小区 1 号楼
发行电话 / (0451) 86825533

印　刷 / 成都兴怡包装装潢有限公司　　开　本 / 787×1092　1/16
字　数 / 282 千　　　　　　　　　　印　张 / 11.25
版　次 / 2021 年 1 月第 1 版　　　　　印　次 / 2021 年 1 月第 1 次印刷

书　号 / ISBN 978-7-5317-5038-3　　定　价 / 56.00 元

编 委 会

目录
CONTENTS

与春天深情相拥

——四川作家以文学的力量助推脱贫攻坚

刘裕国

2020年3月25日，伴随着抗击新冠疫情的阶段性胜利，和全国各行各业有序复工的铿锵脚步，四川省作家协会与人民网四川频道共同创办的《四川报告：脱贫攻坚大决战》报告文学（非虚构）专栏闪亮登场。截至11月，已有上百篇、长达数百万字的报告文学作品，陆续刊发，参与投稿的作家数百人，除了本土作家积极参与，还有重庆、陕西、山西、云南等外省市作家投稿。转载率高，影响力大，受到了省作协有关领导的肯定和表彰。这些作品，以报告文学的"及时性、在场性、思想性、生动性"的"四性"表达优势，展现了四川脱贫攻坚的壮举与硕果，尤其彰显了在收官之年，在疫情影响下，四川各级党委政府以及广大干部群众丝毫未动摇的、确保如期全面打赢脱贫攻坚战的坚定决心。这些作品，受到读者和网友的广泛好评，又如一缕新风，给奋战在脱贫攻坚一线的人们送去欣慰和激励。

这项活动，只是四川省作家协会以文学的力量助推脱贫攻坚的一个缩影。

三年多来，四川省作家协会深入学习贯彻习近平新时代中国特色社会主义思想和习近平总书记关于文艺工作的重要论述，坚持以人民为中心的创作导向，周密策划，创新实践，精心组织，扎实开展"深入生活、扎根人民"主题实践活动，特别是围绕四川省委、省政府"坚决打赢脱贫攻坚战"的决策部署，在全国率先开展为期四年的文学扶贫"万千百十"活动，成效显著，影响广泛。受到四川省委领导的高度肯定，在全国文学界、评论界引起强烈反响并受到高度赞誉，称"四川文学扶贫工作走在了全国前列"。

以强烈的使命感组织协调

2017 年 4 月 19 日，汶川大地满目青翠，百花斗艳。四川省作协组织的脱贫攻坚"万千百十"文学扶贫活动启动仪式在这里隆重举行。

一支特殊的扶贫队伍，走进藏羌新居，走进农家书屋。走在前面的是著名作家、四川省作家协会主席阿来。老乡们从阿来和随行作家们手里接过一本又一本签名捐赠的精美图书，一张张黑里透红的面庞，花一样绽放。

启动仪式声势浩大，影响广泛。中国作协、四川省委宣传部、省扶贫移民局、阿坝藏族自治州等单位的领导出席。启动仪式后，四川各市州相继开展启动仪式和采风活动。达州、广元、广安、阿坝等地作协率先行动起来，组织基层作家纷纷走向脱贫攻坚一线，深入田间地头采访创作。

四川省作协于 2017 年初提出开展为期四年的文学扶贫"万千百十"活动，即：每年动员全省各级作协会员向贫困县农家书屋捐赠签名图书 10000 册以上；每年动员 1000 名以上各级作协会员书写脱贫攻坚主题作品；每年推出反映脱贫攻坚的优秀文学作品 100 部以上，其中在全国有较大影响的文学精品力作 3 部以上，力争到 2020 年累计达到 10 部以上。

四川省委、省政府有关领导充分肯定此项活动意义重大，明确要求尊重规律，注重实效，动员广大作家深入脱贫攻坚主战场，讲述脱贫攻坚四川故事，塑造脱贫攻坚四川典型，记录脱贫攻坚四川实践，以文学不可替代的影响力助推脱贫攻坚。四川省作家协会党组书记、常务副主席侯志明说："新时代文学的征程已经开启，我们深感责任重大、使命光荣，面对新形势、新任务，我们要抢抓新机遇、迎接新挑战，秉承现实题材创作的优良传统并以此为突破口，把目光投向脱贫攻坚，投向这个壮美的时代命题和伟大的社会实践。"

四川成立了由省作协、省扶贫移民局相关领导组成的"万千百十"活动领导小组，全省各级各地成立了相应的活动领导机构，明确任务，落实责任，细化实施方案。采取"命题作文"与"自拟题目"相结合，统筹确定重大选题，广泛收集筛选全省会员申报选题，从全省作家申报的选题中评选确定重点作品给予创作扶持。全省 160 个贫困县（区、市）作为活动主体，分级落实，联动推进，信息互通，资源共享，定期对新情况、新问题和新成果进行认真研究，把握活动整体动态，全力支持指导。

四川省作协围绕此项活动举办主题培训班，对广大作家和文学组织工作者进行专题培训。2017 年以来，先后举办各类创作培训班 5 期，邀请全国知名作家、诗人、评论家授课。截至目前，全省各级各地作协组织作家创作采风 1000 余人次，举办主题文学创作讲座 100 余场次，组织作家捐赠书籍 56000 余册。

开设《四川报告：决战 2020》专栏网页，专门发表书写四川脱贫攻坚故事为主的报告文学作品，有力地宣传了我省脱贫攻坚和抗击新冠肺炎等

省作协深入大田村调研脱贫攻坚工作　图片由大田村提供

主要工作，更为全省广大报告文学作家搭建了发表平台，受到了全省作家和文学爱好者的一致好评。

开展项目攻关，主动与省扶贫开发局和扶贫重点市州联系，了解全省脱贫攻坚工作重点、难点地区和行业，了解脱贫攻坚工作中的典型事例，确定重点创作项目。由阿来主席牵头，组织骨干作家分别认领创作项目，深入凉山、阿坝、甘孜等地实地采访创作。每年下基层调研采风不少于 10 次。两年多来，阿来主席分别深入阿坝州九寨沟县、松潘县、汶川县、若尔盖县，甘孜州理塘县、壤塘县、黑水县，凉山州昭觉县、美姑县、布拖县、越西县等贫困地区采访创作。2018 年 12 月，阿来主席前往昭觉县支尔莫乡阿土勒尔村悬崖村采访，坚持爬上陡峭的崖壁到达悬崖村，途中不慎扭伤腰部，至今仍在恢复中。

2017 年，杨云新同志担任宣汉县作协主席，正好赶上脱贫攻坚战役。他围绕脱贫攻坚在作协开展思想摸底，发现少数会员存在畏难情绪，认为作协无编制，无办公场所，无足额经费保障，开展脱贫攻坚难以发挥作用，甚至认为脱贫攻坚的责任意义不大。他及时召集全体会员集中学习讨论，使大家认识到，作协会员的脱贫攻坚使命不比别人轻，既要帮助群众脱贫，又要创作脱贫攻坚的文学作品，真实记录脱贫攻坚的伟大成就。大家踊跃承担对口帮扶的任务，还有一些同志主动请求担任第一书记。宣汉县作协全体会员，一共与 320 家贫困户结成帮扶对子，杨云新率先垂范，对双河镇方斗村贫困户李文生开展帮扶，带领他学习文化，开展种植养殖业，实现了脱贫。2018 年以来，宣汉围绕脱贫攻坚，共组织全体会员开展采风 6 次，共创作反应脱贫攻坚作品 100 篇，在《四川日报》《散文选刊》、中国作协网等国家级、省级主流报刊、官方网站发表。

深深植根于生活，是四川脱贫攻坚小说作品的特质。从文学本体角度考察这些创作，无论内容聚焦、思想立意还是风格样式，作家们都力求走出过去的模板样式去推陈出新，在秉持艺术品质与历史意识的同时，自觉迈入今非昔比的社会况境与文学现场。翻阅作品，不难发现这批作家对脱贫攻坚都有深入细致的体察，有的作家甚至直接参与脱贫攻坚的具体工作中，他们数次奔赴精准扶贫第一线，与众多贫困户、扶贫干部零距离接触。"深入生活、扎根人民"，努力向下沉潜的他们不是简单地向生活索取故事，而是内化为情感——对土地的热爱成为一种情怀与胸襟，故而审美观照跨越并抵达一种新的文学伦理。

采取上挂下派锻炼、横向交流、下基层采访、体验生活等形式，创新作家使用机制。作家税清静利用在贫困县区小凉山乐山市金口河彝区下派挂职之机，带头创作宣传当地历史文化和扶贫故事，为当地留下了从奴隶社会到扶贫攻坚百年历史彝族题材巨作《大瓦山》，近30万字作品在《中国作家》全文发表，并被《长篇小说选刊》转载，还荣获了第十届中国作家鄂尔多斯文学奖，将鲜为人知的金口河大瓦山推广到了世人面前，在全国产生了较大反响。同时，他还积极作为、想方设法，为当地培训基层骨干作家多方协调并自掏3万元资金组织成立了金口河区作家协会，有力地促进了当地文学事业的发展。仅2019年，四川省作协就组织了5名中作协定点深入生活签约作家、10名四川省文学扶贫重点选题签约作家深入布

让基层党员及时听到党的声音　摄影/史向武

拖、美姑、喜德、雷波等地投身脱贫攻坚主战场，捕捉脱贫攻坚多彩场景，感受脱贫攻坚火热生活，这些地区积极为作家创造良好的采访条件，让签约作家们深入体验生活4至6个月。

广元市作协组织"激发内生动力，引领脱贫致富"文学采风活动。作家们在深冬时节，来到寒气逼人的青川山区，走进黄坪乡解放村十多家脱贫帮扶户家里。他们住农家屋，吃农家饭，干农家活，面对面与群众交流，了解群众所思所想，并向群众宣传党的脱贫攻坚政策，见证脱贫攻坚成效，聆听脱贫攻坚一线感人事迹。

四川省南部县是国家级贫困县，于2017年9月南充市委组织成立了《南部实践——南部县脱贫摘帽攻坚纪实》课题小组，南充市作协选派杨贵树和邹安音参与课题采写组的工作。他们深入贫困户，获取第一手资料，分别完成了纪实文学《产业园里话脱贫》和《春风化雨润乡情》《此时此刻共欢乐》的创作。

以高度的文学自觉奔赴主战场

"我因腰腿病痛不能久坐，坐车早已成了难题。但是，无论如何，我也必须到脱贫攻坚一线去。我的一个朋友开车送我去农村搜集素材，我在后排趴着坐，去了仪陇、蓬溪、大英、大邑、渠县等县和我的家乡苍溪县，走访贫困户，和基层干部特别是第一书记广泛交流。"四川省作家协会创研室主任马平这样谈起自己到脱贫攻坚一线采访的经历。

脱贫攻坚是全面建成小康社会、实现第一个百年奋斗目标最艰巨的任务，也是标志性的任务。阿来主席说："文学工作者要深入挖掘能够打动自己的第一手材料，在这样一个过程中，去实现重塑自我的体验，在自我教育中获取灵感，升华使命感。"这成为四川作家深入脱贫攻坚一线采访和创作的一个共同遵循。

《通江水暖》是反映秦巴山革命老区深处的通江县脱贫攻坚的长篇报告文学，起步早，反响好，作者的体会是"用铁脚走出作品的精神高度"。两位作者在通江采访历时 4 个月，跋山涉水，历尽艰辛；这两位作者又于2019 年 2 月至 7 月，用 5 个多月的时间，将凉山彝族自治州 17 个县市走访了 16 个，既战风雪，又斗酷暑，完成了《大凉山走向明天》的创作。甘孜州作协同"康巴作家群"8 名作家签订了撰写脱贫攻坚报告文学的创作合同后，作家们不畏路途艰险及环境恶劣，足迹遍及甘孜州各县。《抗争百年顽疾》作者顺定强深入阿坝州的阿坝县、壤塘、若尔盖、红原、松潘、黑水、马尔康、金川等地采访，这位羌族作家说："面对这场史无前例的脱贫攻坚战，我感慨万千！"

作家欧阳美书申报采访脱贫攻坚创作选题后，冒着左肾癌症全切除后的高血糖疾病和高海拔风险，随身带着肌苷口服液、红景天、西洋参片、盐酸二甲双胍片等药品，坚持"每天定时三次服药，翻越 4000 米以上高山时服药，感觉不适时服药"，于 2017 年 5 月和 12 月分两次走访了甘孜、德格、白玉、九龙、稻城、康定等县，历程两千余公里，历时半个月，采访贫困群众、第一书记、乡镇党政负责人、县委政府领导、专合组织带头人、创业明星等近百人。

为了鼓励和支持作家走向脱贫攻坚主战场，几年来，四川省作协还创建和完善了一系列激励机制。建立完善《四川省作家协会定点深入生活扶持办法》《四川省作家协会重点作品扶持办法（试行）》《四川省开展文学扶贫"万千百十"活动重点作品扶持办法》等扶持机制，组建专家库，随机抽取评审专家评审选题。对签约作品作家出台挂职、请假政策，支持签约作家创作。对重点选题扶持实行分期兑现，按作品质量进行扶持。同时，对签约作品进行动态管理，实行优进劣汰。建立作品研讨推荐机制，3 年来，全省各地组织召开研讨会 50 余次，研讨作品 40 余部，组织召开改稿会 20 余次。

四川省作协副主席、《四川文学》执行主编罗伟章到深度贫困区凉山州昭觉县驻点写作；四川省作协副主席贺晓晴深入脱贫攻坚第一线凉山州木里县采访一个多月，调研民族地区教育发展情况。四川省作协作家熊莺孤身一人深入凉山州布拖县、阿坝州壤塘县开展 3 次采访活动，在壤塘县采访过程中突遇阿坝州强降雨特大山洪泥石流灾害，交通阻断，滞留灾区，最终待灾情过后才安全转移。

作家陈新在藏区采访脱贫攻坚，由于海拔高，空气稀薄，水土不服，高原反应很厉害，加上山势险要道路崎岖，他晕车晕得不行，但是想到在这"广""大""高""深"（即贫困人群所居地域广阔、贫困人口基数大、贫困人群所处环境海拔高、整体处于深度贫困状态）战斗的扶贫干部，他便坚持了下来。因为这些扶贫干部不仅要忍受同样的艰苦条件带来的不适，而且是经年累月长期扎根于此。基层干部的艰辛，使陈新深深地体会到：他们呕心沥血，润物无声地传递着国家的伟大、政府的关怀、时代的幸福，他们像雪莲花一样谱写着高原绝唱；他们的付出，是最美丽的藏地胜景，是最动听的和美华章；他们的奉献，是春天的芳香在藏地高原绽放。这一片曾经艰苦的云上土地，正焕发出令人惊艳的绚丽光辉。千年不变的贫困阴霾，已然被奉献及智慧驱散。陈新在深深的感动中坚持了下来。他告诉自己，只有自己克服对高原环境的不适，深入采访，写出满意的作品，才对得住这些从事脱贫攻坚的英雄。陈新采写的作品先后发表于《人民日报》《文艺报》等报刊。

2019年2月10日，作家郑赤鹰与合作者到大凉山采访，一直待到农历六月的彝族火把节结束。大凉山17个县市，他们走了16个，其中包括大凉山11个国家级贫困县，以及部分非贫困县的贫困村寨，面对面地采访了160多位奋战在脱贫攻坚第一线的干部群众。郑赤鹰说，记不清有多少次，我们握笔的手忍不住颤抖，我们哽咽着无法发问，我们的泪水打湿了采访本。长篇报告文学《大凉山走向明天》留给我们的是心灵的永久震撼，灵魂的反复洗礼，以及对我们人生观的一次次拷问。两位作者走访了几十个极度贫困村，他们赶到这些贫困村的原址，又来到这些贫困村搬迁后的新村。这些极度贫困村大都在海拔2500米以上，海拔高，气候变化异常。有时，他们进老乡家采访的时候还是晴空万里，走出来的时候竟然是满天雪花飞舞，地面上已经积上了厚厚一层雪。两位作家住过海拔2000多米的村委会活动室，寒气逼人，冻得手脚麻木；他们鼓起勇气爬过悬崖村的钢梯，虽然无法爬到顶，也充分感受到了天梯上的眩晕；这些感受，不到实地实在是无法得到的。正是在这个过程中，他们拉近了和采访对象的距离，掌握了大批鲜活的素材，更深刻地理解了自己要描写的主人公们。

《四川报告：决战 2020》专栏网页开通后，笔者和作家税清静主动担当起了组稿和编辑工作，先后阅读、编辑了数百万字稿件。同时，税清静还先后深入冕宁、德昌、峨边、金口河、大英、大邑、渠县等扶贫一线，积极采写了大量脱贫攻坚报告文学作品。今年 8 月，他克服成都到西昌因滑坡雅西道路中断、自己身患鼻炎等困难和不利因素，深入大凉山腹地采访创作，为了获取第一手资料，他深入农户，不惜钻牛棚、翻猪圈，亲眼看亲耳听，实地查看贫困户的生产和生活变化等情况。8 月 21 日，他在冕宁县金叶农庄采访时把脚崴伤了，他依然一瘸一拐地完成了后面四天的采访，并创作出了一系列书写大凉山脱贫攻坚一线的报告文学作品，如《大凉山：脱贫攻坚就从"彝"字说起》《大凉山：脱贫攻坚且看巾帼正行动》《护旗精神激励彝族"半边天"迈向新生活》等，这些作品被众多平台发表转发，其中《大凉山：脱贫攻坚就从"彝"字说起》全文发表于《文艺报》。

原宣汉商务局副局长熊海舟，从领导岗位退下来后，担任了作协副主席。他承担起帮扶五宝镇贫困户唐文述、曹大华的帮扶任务，坚持每周到农户家，帮助他们发展核桃产业等项目，实现了脱贫。他还发挥自己有心理咨询专业知识的特长，针对一位患有心理疾病的帮扶对象，持续开展心理咨询，治愈了他的心理疾病。作协会员张梅，在四川省江口水力发电厂工作，她帮扶的对象在巴山大峡谷，离县城 100 多公里，海拔 2000 多米。数九寒天，她坚持住在农户家，迎战风雪，共同开展脱贫攻坚。

达州市作协会员符滨，为了写好脱贫攻坚报告文学，冒着炎炎烈日，顶着滚滚热浪，深入万源市旧院镇高峰冠村采访。他接地气，去到农院大院，田间地头，说村民话、干村民活、办村民事，从村民们朴实无华的言语中捕捉到了有价值的信息，深度挖掘出了第一书记侯襄渝先进事迹和闪光的思想点，撰写出了 7500 余字的报告文学《村里来了女书记》，发表在人民网。近年来，符滨笔耕不辍，先后在省、市、县报纸、杂志等平台上发表散文、小说、诗歌 200 余篇，多篇文章获得省、市奖励。他被同事们称为"多产作家"。散文《英烈化身映山红》获得全国文学百花苑杯一等奖。

"我的父母都是农民，身上一直流淌着农民基因。我的双脚沾满了泥土的气息，泥土的味道潜藏在我体内，流动在我体内，随着我的生命一直行走。"近年来，万源市作家协会会员马发海一直致力于增强脚力、眼力、脑力、笔力，让作品"沾泥土""冒热气"。他的文学与新闻作品散见于《小小说选刊》《小小说月刊》《小说月刊》《语文月刊》《散文诗》《诗词》《农民日报》《四川日报》《达州日报》等报刊。

以创新的形式打造精品力作

书写脱贫攻坚，考量的不仅是作协机关组织协调能力以及作家深入一线的执着和坚韧，更考量作家求实创新精神。唯有创新，才能让脱贫攻坚题材避免"千人一面"的同质化现象。四川省作协，通过多种方式和多种渠道，提倡鼓励作家走创新之路。

为此，四川作家们在脱贫攻坚文学作品的精神高度、思想深度、情感温度、价值力度等方面全方位发力与创新，其作品以各自的秀色和风骚，赢得了各级组织、各社会层面，以及广大读者的一致好评。近年来，来自各级领导的相关批件中的肯定与鼓励，中国作协、四川省作协等机构组织召开的大大小小的研讨会上专家们激情澎湃的发言，以及报刊、网络的潮评，便是对四川脱贫攻坚文学作品质量的最好诠释。

小说创作实现了个性化的审美探索与多维度的艺术表达。审视这些小说创作，可以再度发现现实主义文学创作的价值与魅力，其实不在于体量的巨大和画面的宏阔，而在于对现实生活的敏锐感受和精神世界的艺术呈现，如此方能拥有超越题材本身的思想意蕴、艺术价值与美学趣味。这批作品，无论长篇还是中篇，无论是归属传统小说还是网络小说，都以各有千秋的艺术个性，凸显不同于其他任何时期的乡村图景的书写姿态和写作策略。这些创作关涉作家对历史与现实的独特认知、体验和感悟，关涉创作主体的文化想象与情感投入，从而使脱贫攻坚工程获得了多维度的表达。

四川作家在四川省作协的安排部署下，发挥自身优势，大书特写扶贫脱贫攻坚中一切可以用文学表达的事迹。一时间创作了一大批紧扣时代脉搏，直面脱贫攻坚主题的优秀散文，在全省范围内掀起了文学创作的热潮。

作家自由撰写积极主动。如杨献平发表于《中国作家》2017 年第 6 期的《去高原，追访一个人——记九龙县人民检察院检察长苏知斌》，这是一篇 11000 字的长篇纪实散文，文笔流畅，主题鲜明，事迹典型；陈新发表于《人民日报·海外版》2019 年 3 月 17 日的《爱怨大通》，写家乡的变化，歌唱扶贫攻坚政策好，歌唱新时代给人民带来的幸福……

直击总书记最关心的大凉山悬崖村。写大凉山的散文很多，用"井喷"这个词语来形容也不为过。习近平总书记知道大凉山悬崖村，关心惦记着悬崖村，也将全国的注意力引向了那里，当然不仅是悬崖村，整个大凉山都成为全国关注的焦点。但是作为四川的作家，不能无动于衷，也不能泛泛而谈做表面文章，必须深入地、高水准地书写，才能对得起总书记的关怀，对得起全国人民的关注。关于悬崖村的一篇大散文应该由谁参与采写方能显示四川作协的重视，方能不辱省委和省委宣传部的托付？于是四川作协派出了副主席优秀作家伍立杨与北京著名媒体人、专访作家陆培法先生同往大凉山采写悬崖村。他们翻山越岭到达昭觉彝族自治县后，在支尔莫乡派来的向导引导下，亲自攀爬上了悬崖村，进行了实地采访。2018 年 2 月 8 日，《人民日报·海外版》发表了陆培法先生执笔的《总书记牵挂的悬崖村咋样了》的重点报道，点燃了所有关心悬崖村的"粉丝们"的热情。接着又将陆培法、伍立杨合写的《解密"悬崖村"》在《四川文学》2018 年第 5 期全文发表，文章总长 17500 余字，为悬崖村脱贫攻坚主题交上了圆满答卷。而发表于 2020 年 5 月 20 日《华西都市报》的刘裕国与郑赤鹰合写的《没有硝烟的战场——凉山脱贫攻坚群像》，全文 7900 字，也是一篇不能缺席的文章，这是大凉山自己人参与全国脱贫攻坚洪流中的群像雕塑，是脱贫攻坚大决战的另一种歌唱……

　　求真求实是脱贫攻坚文学创新的根基。报告文学（非虚构）是用文学的手法反映新闻事实的一种文体，在四川文学扶贫中发挥了重要作用。"新闻的内核，文学的表达"，成为不少四川作家对脱贫攻坚报告文学创作走创新之路的共识。一个真实生动的故事，蕴含深刻的思想内核和哲理，胜过几千字的报告。杜绝空泛阐释大道理，运用老百姓的现身说法，让人从中真切感受到脱贫攻坚的意义、作用、变化、影响，这是一批又一批四川脱贫攻坚文学作品留给人的深刻印象。《人民日报》在刊发对 47 万字的长篇报告文学《向往》的评论中指出，《向往》一书的 82 篇故事，篇篇呈现的内容不尽相同，塑造的人物性格也千差万别。

　　作为国家秦巴山区连片扶贫开发重点区域的革命老区达州市、巴中市，"巴山作家群"在书写脱贫攻坚时代篇章中声名鹊起。达州作家李明春深入万源、宣汉、渠县等老区脱贫攻坚第一线，瞻仰红色遗址，实地体验基层扶贫工作的艰辛。他了解到一个叫蒲燕的姑娘，从小失去母亲，父亲又患有癫痫病，在政府的帮扶下挑战贫困的感人事迹。正是这些来自生活的原汁原味的素材，激发了他的创作热情，先后创作了扶贫攻坚题材小说多部，其中中篇小说《山盟》刊载《中国作家》，入选《小说选刊》《小说月报》，受到社会好评。

　　"以人观象"的艺术特色使得脱贫攻坚文学作品避免了教化的呆板印象。

　　作家马平经过对广安、绵阳、遂宁、广元等多个贫困村的走访，被奋斗在一线的党员干部们舍小家、为大家的奉献精神感动，被脱胎换颜的贫困村的巨大变化震惊，被群众向贫穷宣战的决心震撼。他认为，"振兴乡村"的背后还应该振兴乡村文化，他结合多年前对川北薅草锣鼓民俗的调研经验，以及自身从家庭中受到的川剧熏陶，将川剧、薅草锣鼓等地方文化和民俗融汇于中篇小说《高腔》的创作中，让这个脱贫攻坚的中国故事不仅人物鲜活、富有典型意义，还具有地域文化的底蕴与厚重。后来该作品被改编成川剧，被搬上舞台，在北京和四川巡演 30 多场次。

　　乌蒙山区是四川省脱贫攻坚四大片区之一，2019 年作家税清静数次深入泸州古蔺、叙永两个国贫县采访，完成了 30 万字的长篇小说《乌蒙磅礴》，2019 年被列入四川省脱贫攻坚"万千百十"工程，2020 年被四川省宣传部评为重点出版作品。小说以泸州市古蔺、叙永两个国家贫困县为背景，用敏锐的文学触角全方位讲述了乌蒙山区人民几十年来，为了摆脱贫困所做出的卓越奋斗。重点书写了近年来，在党的领导下，在脱贫攻坚行动中，以驻村第一书记、红三代陈小李为代表，成千上万的党员干部，走向大山深壑，走进田间地头，不忘初心牢记使命，向贫困发起了最后冲锋的动人故事。一桩桩一件件，点点滴滴改变着山村和人心，乌蒙山终于赢来了划时代巨变。

青年作家章泥创作的《迎风山上的告别》，是全国首批反映脱贫攻坚战役的长篇小说，《中国作家》全文发表。作品取材于凉山等地真实的农户家庭，通过儿童的眼睛和心灵，把他自身经历的今非昔比的变迁置之于精准扶贫的大背景之中，着重刻画了残障弱势群体的自身努力和心路历程，其间真挚的友情、亲情、师生情与质朴的干群关系密密交织。从独特而新颖的视角深情讲述了精准扶贫伟大实践中一段不平凡的故事——贫困程度较深的农村家庭中的残障孩子，怎样一个都不少地告别贫困。

青年作家曹永胜的《春风，春风》开篇采用电影闪回的手法，采取由远及近的时间先后顺序，讲述王家元从外出经商到反哺乡亲的全部过程。如诗如画的春风村，许多故事在石头缝里生长，春风沃土，润泽乡亲，展现了当代基层优秀干部的责任担当和家国情怀。入选 2019 年"中国好书"的《悬崖村》，彝族作家阿克鸠射以图文并茂的形式，讲述了作家的见闻、感动、思想，中国作协副主席、著名作家吉狄马加评价这部书"以丰富的第一手资料向我们展示了透彻人心的泥土的气息、生命的气息、时代的气息"。

作家陈果的《听见：芦山地震重建故事》，语言生动形象，图文相得益彰，36 个故事构成一幅宏阔的重建画卷，鲜活地再现了芦山地震灾区重建历程，生动地诠释了党中央"重建新路"治国理政新理念，立体展现了重建亲历者追逐梦想、勇闯新路的坚韧品格和砥砺前行、守望相助的家国情怀，是有筋骨、有血肉、有理想、有力量的"中国故事"范本。

作家马希荣的《村上一棵树》则在结构上具有丰富性：以剧本形式来展现激烈冲突和巨大变化的《橘子黄了》；以书信加注释方式来展现脱贫攻坚工作和家庭如何兼顾的《一封家书》；以"烟、酒、茶、饭"四个章节来呈现深入群众从而引导群众从安贫到思富再到致富历程的《回家的云朵》……通过不同的结构形式，挖掘出了这些人物身上蕴含的担当精神、拼搏精神与奉献精神。书中每一个篇章，以及所描绘的 20 位第一书记，都表现出作者对题材的情感投入程度和写作技巧的熟练程度，塑造了一批有担当、有作为、有血肉的第一书记形象。《村上一棵树》有着浓郁的亮色和暖色，是一部有温度的文学作品。

乐山市作协散文支委会秘书长吴惠英，于 2019 年 4 月至 12 月，用整整 8 个月的时间，走进小凉山，历经坎坷，见证了峨边彝族自治县脱贫攻坚工作中，物质与精神同步发展的艰苦历程和取得的伟大成就。

山区交通不便，每个村镇之间都隔着宽阔汹涌的江河，或者雄浑巍峨的大山。2019 年初秋，她决定去五渡镇田村实地感受当地村民住宅易地搬迁后的气象。去村里必须经过正在升级改造的峨轸路，这是峨边东部境内对外联通的大通道。头天晚上峨边一直下大雨，等到天亮，忽然雨过天晴，明晃晃的太阳一大早就照在大地。可这对于当地人来说，并不是出行的最好时机。峨轸路一边是高不见顶的悬崖，一边是波涛汹涌的大渡河，十年前新建，引发的地质灾害一直没有停止，最危险的就是雨后放晴，隔一段路就会有山体滑坡或者滚落的巨石阻挡道路。路上来回穿梭着大型机械，路面布满大大小小的坑洞、巨石和泥浆。他们乘坐的连车顶都覆满泥水的越野车跳跃着左冲右突，压过大石头的时候，甚至能感到车辆方向随时有失控的危险。

吴惠英认为，这样的下乡路，扶贫干部们每天都在走，每天都把生命系在那一辆辆坎坷中前进的车上，他们不曾畏惧，没有退缩，直到昔日的坎坷都成为如今的坦途。文学创作特别是报告文学创作，这些经历使自己真切感受到了新时代共产党员的梦想与荣光。因此，她在创作《冲出横断山》时，用了较重的笔墨书写扶贫干部的艰辛与无我的奉献精神。

三年多来，在省作协"万千百十"文学扶贫活动中，涌现出一大批视角独特、立意新、表达手法新的优秀作品。除上述文中提到的作品之外，还有其他一些有代表性的作品，比如小说《螺蛳壳里做道场》《陈家湾》《闻香传奇》《云中村》《几世花红》《北京到马边有多远》《川北风》《泥窝物语》《云岭山中》《重返蜀山》《白云飘过是蓝天》《茉莉花开》《天上有朵好看的云》《一湖丘壑》；报告文学《巴塘虹》《悬崖村》《一步跨千年》《岫云故事》《让梦想起飞》《杨扎西的春天》《亲历：在茂县过羌历年》《返乡厅官何宗辉，83 岁出任乡村振兴第一书记》；散文集《半亩原乡》《原乡》；诗歌集《我的聂家岩》；影视文学剧本《扶斗记》《螺髻情缘》，等等。

　　近年来，四川脱贫攻坚小说作品，开拓了现实主义叙事的关注图景与表达范畴。当前，时代图景与历史远景都发生着深刻变化，乡村百姓的物质、精神生活也发生着深刻变化，这些变化往往超出既有的文学经验，它们在为现实主义创作，特别是新农村主题性创作提供前所未有的契机的同时，对作家的认知能力、把握能力乃至表现能力都提出了更为严苛的综合挑战。难能可贵的是，这些蕴含时代体温的作品倾注着作者对农村过去、现在与未来的思考，他们在自己的小说作品中，重申现实主义与写作理想，以符合生活逻辑的情理、说服力铺垫小说坚实的文学地基，并在此基础上以自己的历史观和开阔视野探寻原型乡村的生活真实，审视乡村的社会脉络和人性状态，对新时代乡村巨变做出了感官视野和精神视野的双重扩展。

　　如今，四川各地作家，正以全力以赴、全神贯注的姿态，不舍分秒地奋战在脱贫攻坚文学创作第一线，以决胜文学扶贫收官之年。

芳华大田村

—— 四川省作协定点扶贫纪实

伍立杨　邹安音

引　言

光阴荏苒，岁月如梭。

从 2015 年到 2020 年，走在精准扶贫的路上，风雨兼程。一边是省城的四川省作协，一边是达州市渠县岩峰镇的大田村；一边是村民们焦虑的眼神，一边是作家们敞开的心扉。

从繁华的都市，到偏远落后的秦巴山区；从满目疮痍的荒山，到春华秋实的绿苑；从萍水相逢的"亲戚"，到心手相牵的"家人"……一段段漫长的路程，一个个难忘的记忆，汇聚成如歌的岁月，谱写大地。

俯瞰中华版图，青山绿水间，辖区面积 4.5 平方公里、耕地面积 3479 亩，辖 10 个村民小组、952 户 3527 人的大田村，只是这壮美画卷中的一小点儿，是中华大地那些普通村子的一个微小缩影。但发生在它身上独有的故事，却恰是江河奔腾的浪花一朵，给秦巴革命老区增光添彩，震撼世人。

山无言，水无语，但一枝一叶总关情。五年的光阴，五年的情感，早化作渠江两岸的微风细雨，滋养了这一地的草木，温暖了这一方人的心田。

向贫穷宣战

四川渠县，川东门户。中国汉阙之乡，賨国故都。

仲夏，一眼望去，川东丘陵层峦叠嶂，一如青莲般盛放，似乎无边无际。近处的山岗铺满绿色，野花开遍村庄。这一时节，山林葱茏、江河奔流……秦巴革命老区迎来了它最美的年华和历史机遇，山与河都在尽情释放着自然的生机与活力。

大田村也不例外。

从渠县土溪火车站下了动车，沿着渠江一路前行。一条青色的柏油路，直通大田村深处。过了"古賨国城坝遗址"的路标，再经过两座中华汉阙，就来到了岩峰镇的大田村。

渠县属秦巴革命老区。大田村曾经被评定为省级贫困村，2014 年精准扶贫建档立卡有 205 户村民，共 760 人。2015 年确定为四川省作协与渠县扶贫和移民工作局的定点帮扶村，2017 年渠县北门社区医院加入定点帮扶。2018 年，大田村整体脱贫，成为精准扶贫的典范，由此它进入了更广阔的视野。

放眼四望，碧野山乡。在一片绿色的海洋中，大田村的村民委员会办公室成了视野的焦点。它坐落在一个山丘上，位置醒目，推开一扇黑油漆的铁大门，一座古朴而典雅的乡村四合院呈现于眼前。

晨光中，静悄悄地走过一面橱窗，走过一个篮球场，走过一所村民合作社，走进一间图书阅览室……便走进了一处乡村的风景线，走进了一段历史的深处与未来。这样的场景，大田村第一书记黄泽栋用了三年的时间来熟悉与铭记。

时光溯回。

2015 年 8 月，荒寂已久的大田村迎来了一位陌生人。他叫黄泽栋，四川省作协下派到大田村扶贫的第一书记。五年时间过去了，黄泽栋仍然记得第一次到大田村的情景。

那天，当他风尘仆仆远离成都来到大田村的时候，肩上的背包还没有放下，心却一下凉了半截：视野里，除了荒山，还是荒山；山上，一人多高的野草，遮蔽了弯弯曲曲的小路；竹林深处，村民们的房子大多破旧凋敝，毫无生气；村委会没有专门的办公场所，处处乱石堆砌；几个老人在闲聊，几个小孩在跑跳，几乎看不到年轻人的身影……

大田村走过了岁月的风风雨雨，这里的草荣了，又枯了。大田村的人来来又往往，但他们最后又纷纷走了出去，四处打工、漂泊……

土地荒芜了，房子破旧了，山村凋敝了。

怎么办？

这分明就是一场无声的战斗！

军人出身的黄泽栋，经历过各种各样的艰难困苦。放下背包，俯下身子，借一处蜗居，黄泽栋整理好了行李，也整理好了自己的思绪：先从小事做起！

黄泽栋像一个侦察兵，开始了走村串户摸排的日子。乡村小路上，晴天一身灰，雨天一身泥，他常常分不清是雨水还是汗水模糊了眼睛；盛夏时节，酷阳炙烤着大地，有一次不幸中暑昏厥在村道上的他，多亏了路过的"摩的"徐师傅及时发现并送回村委会救治，这才捡回了一条命，逃脱了鬼门关。

还有一次，在走访中，一条拴在村民牛棚后的土狗突然蹿出来咬伤了他，痛彻心骨！但仅仅因为怕给主人增加心理和经济负担，他硬是装作没事的样子，忍痛找到一个没人的地方，咬牙挤出瘀血，又用随身携带的创可贴止住伤口……

"黄泽栋有时候像军人一样铁骨柔情，有时候又像女人一样心细如发。他不怕吃苦，舍得付出，是一个很值得打交道的人。"村支书李太书说。

偏远的山村，挣钱是如此不易。贫穷如丝，它紧紧缠绕着大田村，缠绕在每一个驻村帮扶干部的心上，更缠绕在扶贫帮扶单位每一个领导者的肩上。大田村也许永远都不会想到，精准扶贫的政策会像春风般吹进远山深处，送来一批山外的"亲人"，让它一展新时代的芳华。

万丈高楼平地起。根据第一书记的摸排情况，四川省作协迅速探索出了"抓党建促脱贫，大力发展庭院经济"的新路径，并立即协同渠县扶贫开发工作局和北门社区医院，通过召开座谈会、义务劳动、走村入户打扫卫生、一对一帮扶等丰富多彩的形式，每一个党员都努力多为村民们做一些实实在在的事儿。

　　山荒芜了，他们就开山引渠，封山育林；路泥泞了，他们就架桥修路，直通至每户人家的院落；房子破烂了，他们就抱来一砖一瓦，为人遮蔽风雨；有人生病了，他们就跑前跑后，帮助着解除后顾之忧……水井湾的清泉被引到了荒山上，失学的孩子们又重新回到了课堂……

大田村党员重温入党誓词　　图片由大田村提供

　　意莫高于爱民，行莫厚于乐民。人非草木，孰能无情？党员们走进了田间地头，走进了寻常百姓的家里，也真正走进了大田村村民的心中。

　　村头院落，久违的高音喇叭声再次响起；一些在外打工的年轻人，又陆陆续续回到了家乡，庄户小院再添生机与活力；有了希望和信心，大田村的农民夜校也很快红红火火地办了起来。

省作协党组成员、秘书长张渌波与贫困户亲如一家　图片由大田村提供

省作协党组成员、秘书长张渌波率先开讲，党和国家的政策、方针，精准扶贫的一些相关时事，娓娓道来。课堂里座无虚席，耄耋老人来了，家庭主妇来了，彪形大汉也来了……之后，畜牧指导员、驻村农技员、养殖大户等教师们，把那些关于农业农村的种植业、养殖业等相关科学技术知识，像清泉般汩汩地倾注到了大田村。

在这点上，体会最深的是村民李明亮。"以前养鸭，一点经验都没有，结果有次就不明不白死了100多只，损失惨重。"但李明亮从夜校"毕业"后，"成绩"显著提高，翌年养鸭成活率就直线上升，很快就有了收益。

"农民夜校实行'菜单'式授课，根据农民创业致富需求，本着'想干啥就学啥，学好啥就干啥'的原则，有针对性地开展种植、养殖等实用技术培训。"村支书李太书说，每次开课前，村里都会广泛征集群众意见，并提前对下次课程内容进行公示。

"无论是课程内容安排，还是老师的语言风格，我们都要求其与农民的接受能力和审美口味相符合。"大田村第一书记黄泽栋介绍，除了语言接地气，有时老师们还将课堂"搬进"田间地头，手把手教学。

2020 年 4 月，大田村举办"爱读书爱大田"读书会，第一书记史向武在宣讲村规民约　图片由大田村提供

与此同时，大田村还不断创新学习方式，对因事因病不能到教室参加学习培训的农民群众，组织教师和驻村帮扶工作人员进组入户送学；对长期在外打工或者年龄较大、文化水平较低，学习起来比较困难的农民群众，安排初中及以上文化程度农民群众结对帮学……

村民们掌握了一定的种植和养殖技能后，四川省作协和渠县扶贫开发工作局两大帮扶部门就因户施策、精准帮扶、提供产业帮扶资金等方面，做出了积极的努力。

"大田村脱贫期间，单位节能开源，挤出有限的办公经费，职工们也积极捐款，先后凑了近 20 万元，尽全力支持大田村发展养殖业和种植业。"省作协机关党委纪委专职副书记兼纪委书记陈福成回想那段历程，不禁感慨万千。

远离成都的大田村，曾经贫困落后的大田村，成了省作协每一名职工心中沉甸甸的心事。因为在那里，有他们每一个人结对帮扶的"亲人"。

有了成都亲人们的资金支持，大田村的庭院经济初见成效。大田村的村民开始积极养鸡养鸭，养肉牛和山羊等；在贫困户养殖业的发展中，养鸡成效尤为明显，仅土鸡蛋每户家庭每年户均收入 400 元，土鸡每年户均收入 1000 多元。与此同时，大田村远在成都的这些亲人们又帮助他们拓宽了销路，利用电商平台，在互联网上将这些绿色无污染的土鸡和鸡蛋等销售了出去，土鸡真的成了小额的银行。

良好的生态和投资环境，召回了大田村七社社长徐世太的两个儿子，他们把多年打工积累的一百多万元，全部投放到了家乡，建起了德康生猪养殖场。

村里的贫困户们又通过小额信贷或者产业周转金入股到这家村办企业，年底进行分红。为了解除企业的后顾之忧，省作协特地协调相关部门修建了进出厂子的公路、用水池以及变压器。

2017 年的这个春节，逐渐摆脱贫困的大田村村民，高高兴兴地过了一个热闹年。但在四川省作协党组书记侯志明的心中，这个春节注定是个平凡而又不平凡的节日。当他攀上大田村最高的山头，望着满山的荒草和撂荒的土地时，心中有了一个大胆的想法。

兴绿色产业

太阳当空挂着，但七月的大田村似乎是一口永不枯竭的老井，满眼的绿意冒出来，清泉一般汩汩流淌着，浸润了那些拔节的禾苗，还有山上茂盛的果园。

村文书高通慧在果园中不停地忙碌着。

因为爱情，大学毕业后，她从繁华富庶的地方勇敢地走进了这个曾经偏远落后的山村。

"我叫高通慧，来自四川南充，现在大田村村委会工作，经过村支部的培养教育，光荣入党。我非常荣幸成为党组织的一员，但在荣幸背后有许多的辛酸，现在我就把自己所见、所听、所想写一下，与大家分享，以期待人们对国家精准扶贫和精准脱贫工作的感恩和支持。"

高通慧的日记如此纪实。

2011年春，她嫁到了丈夫郑波所在的四川省渠县大田村。那时候，她从渠县县城出发，只有一条坑坑洼洼的土公路通到婆家，且只能通到大田村所属地的岩峰镇上。

村里的房屋稀稀疏疏的，从一家到另一家要走很远的土路。遇上落雨天，粘一脚稀泥，甩都甩不掉。村民们的房屋，有的是用片石砌成的墙，漏风漏雨；有的是用竹篾条夹泥糊成的墙，破败不堪；还有的院落垮塌成废墟了，没有一丁点儿生气。

每天她打开门，只要一抬头，就能看见山坡上遍布着大大小小的石头，视野里的土地也杂草丛生。那些荒山和荒地，显现出乡村的萧索和荒凉。

村里的堰塘也年久失修。最让村民们揪心的是每年大春时节，村里人家要种植水稻，可是老天爷就是要给人们难看的脸色，有时候就是不肯下雨。好不容易下雨了，人们高兴得就像过年。

如此一来，荒山愈加荒芜，土地愈加干涸，大田村也越来越贫困了。因为贫穷，村里很多年轻人都到外地打工去了。

这样的日子让她很是焦虑。2012年，高通慧和郑波离开了大田村，南下深圳，也开始了自己的掘金梦。她常常想，如果大田村有一个工厂，村民们可以就近务工，增加收入了，那么大家就不用跑很远的地方打工了！

她没想到自己的愿望很快变成了现实。

2013年春，大田村引进了一家木材加工厂。因地制宜，大田村的荒山上开始种桉树，以此加工成复合板外销。桉树成长速度惊人，村里留守的老人和孩子立刻有了用武之处。他们得空就在荒山上植树造林，每天能有四五十元的收入。他们不但有了收入，还眼看着只有大小石头的几座荒山变成了绿油油的山林。

2014年，大田村木材加工厂正式成立。从此，婆家的好消息源源不断地传到了远在深圳的高通慧耳里：村民们在木材加工厂里入股并分了红；村社之间开始修建乡村公路；大田村各个社新修的堰塘里蓄满了水……

2016 年春节，高通慧辞职回到了大田村，和丈夫先后到了村子的木材加工厂上班。她以为自己的生活轨迹再也不会改变了，直到村支书李太书找到了她，请她参与村里的扶贫攻坚工作。

绿水青山，就是金山银山。高通慧的日记铭刻下了大田村变"绿"的过程。

今天，在村子的中心点位置——大田村民委员会办公室之外，就是大田村的木材加工厂。这里到处晾晒着才剥下来的树皮，工人们正来来往往搬运着加工出来的复合板。他们几乎都是附近的农民，脸上挂满了汗珠，但脸上的神情是喜悦的。

今年 73 岁的村民徐代友是其中劳作的一员，曾经的苦日子不堪回首：大儿子分家出去；小儿子夫妇远在广东打工；妻子和二儿子有病在身。一家人生活捉襟见肘。

大田村的木材加工厂落户于此后，公司采用"企业加支部"的形式，由村民提供土地，公司提供桉树苗培育栽种，成林后加工产品，收入按照三七分成，村民们开始有了稳定的收入。2014 年，徐代友家被定为贫困户；2017 年，他家随着大田村的整体脱贫而脱贫。

授人以鱼不如授人以渔。这是中华民族历来的生存智慧和哲学。文化兴农，科技兴农，这才是精准扶贫的根本之所在。

为了实现长期为贫困户和村民们提供增收保障的目标，四川省作协很快又制定了系列帮扶措施，并积极协调渠县扶贫和移民工作局，将抛荒土地流转给四川省硕源农业发展有限公司，利用科技生产力，大力发展新型水果种植产业。

这是大田村史无前例的一件大事儿！祖祖辈辈留下的山坡地，居然要租借给外人。一些思想保守的村民们不乐意了。村文书高通慧至今仍然记得当初她和扶贫干部们一家家地宣扬政策，积极说服那些保守村民的情景。

签字，摁手印，放鞭炮。

2017 年 3 月，挖掘机开进了大田村。大田村水果基地由四川省硕源农业发展有限公司开始着手建设，荒山上第一次响起了机器的轰鸣声。

村民们像做梦，眼看着石疙瘩被敲碎，土地被平整；眼看着果树苗在长高、在开花；眼看着果子成熟，挂满了枝头……

四川省作协二级巡视员罗勇不会忘记：2017 年 6 月 23 日，他到大田村调研精准扶贫精准脱贫工作情况，召开了乡村两级扶贫干部座谈会，传达了省第十一次党代会精神。其中最重要的就是要坚定不移地打赢脱贫攻坚战。

省作协二级巡视员罗勇在大田村贫困户家调研　图片由大田村提供

村民们吃了定心丸。2017 年底，大田村整体脱贫后，四川省硕源果业有限公司与当地村民签订了土地流转合同，实行订单销售。基地一共流转土地 300 余亩，解决就近务工的劳动人口就有 47 户 138 人。

2018 年 7 月，渠县以村为单位成立丰硕农业农民专业合作社，100 户贫困户、20 户非贫困户分别采用借贷产业周转资金和现金方式入股渠县丰硕农业农民专业合作社。

除此之外，大田村的养殖业、畜牧业、加工业等也蓬勃兴起，村民们都成了受益者。

这一天的节令正是 2020 年的芒种。大田村热闹起来了。

"春雨惊春清谷天，夏满芒夏暑相连"，阳光出来了，暑气升腾。但满眼的绿色像山风一样扑面而来，刹那间润泽了心扉。

首先映入眼帘的是一口大水塘，闪着粼粼波光，映照着塘边那一丛丛的野刺泡（一种野果子）。野刺泡密密实实地缠绕着坡谷一棵棵笔直的桉树，那乌红的色彩和玛瑙般的果实，诱惑着经过它们身边的每一个人。

仰首，一片葱郁的玉米林边，稻田层层叠翠，秧苗似乎正在拔节、抽穗。白花花的水从田口溢出，淌过一滩湿漉漉的水草地，向下流淌。

此处是大田村的水井湾，也是大田村的村道和外界主道的交叉之地。一条上山的公路，串联着几户村民院落。房子是新建的，清一色的二层楼房。

院坝外，栽满了果树，其中几株李子树挂满了果实，却并没有人急着采收，就让它们密密麻麻地挂在那里"显摆"。树下，几个废弃的洗脸盆或者塑胶桶里，种着几株指甲花、蜀葵等，它们一朵一朵向上开，惹人眼目。

沿盘山公路，迂回上山，不一会儿，便来到了大田村的最高处。这里是大田村的果树基地。最先看到的是桃子树。它们一棵一棵紧紧地傍依着，然后枝丫从中四处分散，把一个个又大又美的果实，藏在滴翠的叶片之下。然后它们又围绕着山坡，一圈一圈地往上生长，直到绿色铺满山头。

四下眺望，大田村被一片青山包围，似乎与外界隔离。群山之间，山峰像莲花般聚合，显现出一道道青色的轮廓，透着天地间一种神秘而素朴的美。

"今天看到的这些果园，曾经是一片片的荒山呢。"果园负责人陈大姐自豪地说。

阳光正好，四川省作协党组成员、机关党委书记李铁和二级巡视员罗勇，以及四川省作协机关党委的一群人走过稻禾飘香的水田，走过几家洁净的庄户小院，走进一条崭新的村道，便来到了大田村的最高处。

三年过去，历经寒冬和酷暑，此时正是一年中最美的季节。

他们是来大田村走"亲戚"的。这里的桃子还没长成熟的时候，就已经被他们订购了。原来，四川省作协积极推进了"以购代捐"和"购买或组织销售扶贫产品"等活动，即主动认购帮扶地农产品，推动搭建农产品销售平台，帮助帮扶地的农产品畅销渠道，激发帮扶地发展生产积极性，以带动更多贫困群众实现持续增收、稳定脱贫。

问渠那得清如许，为有源头活水来。

荒山上，此时正硕果累累。那是大田村在荒山上开辟出的硕源水果基地，今年第一批试挂果已经成熟。恰此时，果树叶在阳光下闪着碧绿的光泽，果子们却在山风中微笑：桃子露出了晕红的光圈，李子的蜜汁似乎就要滴落到大地。

一颗颗又大又黄的果实，让人垂涎欲滴。在场的人都情不自禁地咬了一口，满嘴蜜汁。

"这是我们专门请农技员为大田村量身栽种的新品种蜂糖李，已经快卖完了，40 多元一斤呢！还需要提前在网上订购呢。"村支书李太书随手摘下几个李子，请大家品尝。

这样的新品种——蜂糖李，一经亮相便成为市场新宠，售价竟然高达40 多元一斤，让世世代代脸朝黄土背朝天的村民们彻底开了眼界。

站在高岗上，放眼四望，满目的田园风光，古朴而自然。

今天的大田村屋舍俨然。那些飞檐翘角的小洋楼，似乎成了新时期山村的代言人。正呼吸着山风送来的草木清香，却又看见近旁院坝边一朵两朵盛开的花儿，惊闻木栅栏里一声两声鸡鸭鹅的叫声……

荒山变成了金山！今天的大田村，除了果园和木材加工厂，村子又陆续建设起了生态种植养殖基地等。为了便于开展工作，高通慧专门成立了一个大田村的村民微信群，把村子的变化过程用手机拍成了照片放在里面展示。她给微信群取名叫：幸福的大田村人。

住生态新村

"绿树村边合，青山郭外斜。"山环水绕的大田村，此时更像是一首诗词，从唐风宋韵里飘逸出来，尽显它的柔情和静谧。

大田村的果子刚卖完，仅蜂糖李就卖出 12 万元，除去成本等，村民们按照入股都分了红。

村支书李太书心情大好。生于斯，长于斯的他，曾经很懊恼自己的命运：出生于 20 世纪 60 年代末，高考失利，无奈返乡，拼命在土地里刨食。被村民推选为村支书，一干就是二十余年。适逢精准扶贫政策，省、市、县等几个单位相继帮扶大田村，"是块石头也焐热了！"他这样打了一个比喻。

他想开车环绕一圈大田村。按照他的话来说，如今大田村的公路可以分为"外环"和"内环"，参照成都的式样。村里家家户户都通了公路，有些人家还买了小轿车。

他先在大田村的内环行驶。

"老李，老李，快把李氏祠堂门打开。"李太书把白色的小车停好，丢开方向盘，跳下汽车，大踏步走在了前面，一个被汗水打湿的背脊在眼前晃来晃去。身为李氏后人，又在大田村土生土长，李太书想要为每一个走进这里的人解开它的身世之谜。

走进李氏祠堂，站在廊檐下，放眼四望，整个村子被群山包围。祠堂正对着一块稻田，占地 16 亩，村子由此而得名。村民们说大田之水四季长流，得益于此处的绝佳地理位置，名为天井湾。天井湾为地下河涌流之处，由此滋养这一方天地和子民。

李氏祠堂位于大田村十组，背依老官坡，前向天井湾。廊檐下的两个石狮为今人雕刻，祠堂里的四个无头狮座为古物。旁边伫立的两块石碑是大田村的"历史证书"，为当年新修祠堂时从原址里挖掘而出的文物，上书"始祖李伯仟，湖北麻城孝感，明末湖广填蜀，鼎分三房"等字样，印证了大田村有据可考的居住时间。

李太书口里呼唤的"老李"，便是李氏后人李佰康，他虔诚地守护着李氏祠堂，守护着祖先的灵魂，也见证着大田村的过往和曾经。

遥想当年李氏一族拖儿携女，从战乱纷纷的荆楚大地入蜀，来到古寶国之地，选中这一处水草丰美的地方居住。他们在这荒无人烟的地方繁衍生息，与侠义忠勇的賨人杂居、融合，这该是怎样一个无法用语言来形容的艰辛又幸福的过程。

心之安处是故乡。李氏后族于此停歇了自己迁徙的脚步，成了这片土地的主人，并随着村子的兴衰而起落。大田村也走过岁月的风风雨雨，荣了，枯了。再后来，这里的人又纷纷走了出去，四处打工、漂泊，土地荒芜了，房子破旧了，山村凋敝了。

时光如岁月胶片，珍藏着这里发生的一切；时光也如同雕刻刀，刻录着这里的一切。

四川省作协派放大田村的第一书记黄泽栋任期三年后回到成都，省作协派放的第一书记史向武又驻扎到了这里。他重复着黄泽栋走过的路，也见证着这里发生的传奇故事。

阳光下，枭子河潺潺而来，波光闪闪。那水波犹如银甲片片，有一种锋从磨砺出的原始壮美，潜藏在大田村深处。

溯源而上，沿着新修的村道，从大田村李氏祠堂出发右拐，过了大田村二组的新村集中安置点，就到了村子最偏远的地方——狮子岩。

远看狮子岩，突兀在一座翠岭上，张牙舞爪。与其说它是一道尖利的岩石，不如说是一道天然的屏障。山的那一边似乎很遥远。

因为泥石流经常发生，狮子岩上居住的二组村民都集中拆迁安置到了新村。部分村民在远离山崖的地方，过着一种世外桃源般的生活。

近处，田埂边，土李子树结满了果子，在枝丫中透出幽黄的光，诱惑着人的味蕾；一块块稻田层层堆叠，一大片禾苗的绿色铺满开去，清香沁人心脾；汩汩的清泉在沟壑间流淌，近乎天籁的音质，让人耳目一新……

年逾七旬的张万奎老人忙完了山里的活儿，端了个小板凳，叫出了老伴儿，坐在自家新翻修的院子前拉家常。"对面山崖的风景是好啊，爬上去看，那里还有石船、石鼓等。但是这座山很险要的，当年红军就是从山那边打进来的，在这里停了几天时间，然后开拔到大田村那边的尖山寨，再一路打出去，最后到巴中等地。"

在老人的记忆中，狮子岩上还有一个叫赵传心（音）的老红军，在新中国成立后又回到这里居住，直至去世。

几个上了年纪的大田村老人证实了这种说法。大田村曾经有一条古驿道，是出川的必经之路，也是兵家必争之地。那时候，各路商人在这条古驿道上穿梭来往讨生活，盐、布匹、茶叶等也从这里源源不断运往北方。

后来，土匪占据了尖山寨，烧杀抢掠，无恶不作。村民惊骇逃命，大田村因此而荒芜。再后来，红军打了进来，土匪落荒而逃，村民才又安居乐业。

抚今追昔，张万奎老人望着眼前的景致，心情愈发高兴。房子改造好了，孩子们有了工作，孙子受到了良好的教育……"帮扶我家的是省作协的税清静老师，刚刚他才来看了我的，送来钱物。"老人抽着卷烟，瘦削的脸上泛起了亮色。

省作协党组副书记张颖在大田村调研　图片由大田村提供

"对待山里结对帮扶的贫困户，我们就要像对待自己的亲人一样。首先让他们从情感上不再感到孤独，觉得时常有人想到和念到自己，从而从心里感受到党和政府送去的温暖。"四川省作协主席阿来如是说。一次元旦假日，他特地推掉国内一个重要活动，专程赶到渠县大田村，到自己帮扶的贫困户家里坐了很久。那是一个行动不便的太婆，阿来主席同她拉家常，以细腻的情感传导着人间的温情。

"大田村的村民是懂得感恩的。还记得那次到帮扶的人家里看望，当我离开他家时，他非要送我几个大南瓜，当我把表达心意的钱放到他家里时，他追了好远想送回来。"省作协党组副书记张颖说。

山外的人，真正走进了山里人的心。成都和大田村的距离，也不再那么遥远。

沿着狮子岩下的乡村道路疾驰，不一会儿便来到了尖山寨。古驿道没有了，尖山寨的烽火硝烟也尽了，它远离了战争，像一个世纪老人，只在白云下静静沉思。

"大田村的村道建设以村委会为中心点。尖山寨那边就是正在修建的一条高速公路，可以和巴中等地连接。我们下一步希望和高速公路出口对接上，让大田村的明天更加美好。"李太书对村子的每一块土地和每一户人家，以及每一条道路，就像对他自己的手指一样熟悉。

大田村的传奇和故事，李太书自幼便熟知于心。爷爷就曾经在古驿道当过"背二哥"，贩卖盐巴讨生活。可惜爷爷没有赶上今天的好日子。

"在四川省作协等单位的帮扶下，大田村和城里人一样，也喝自来水和烧天然气了。"李太书一边娴熟地开车，一边如数家珍地说起了大田村的大事、小事，似乎所有的事儿都一一刻录在他心上。很快，一个鲜活的农村基层干部形象便呼之欲出。

因为险要的地势，在帮扶单位和当地政府的主导下，狮子岩附近的村民们都整体搬迁到了新村，远离了自然灾害的侵袭。苍翠的远山，也重新焕发出了无限的生机与活力。

公路真的就修到了每户村民的院落。

自来水、天然气、宽带等也确确实实牵引到了每户人家的家中。

……

村民们永远不会忘记：大田村也曾经历过荒芜和贫困交加的时期。为了解决村民们的温饱问题，让山上的土地多出粮食，20世纪60年代初，人们修建了一条水渠引水灌溉。但这并未从根本上解决村子的贫穷，水渠成了历史的产物，高悬于大田村的群山丘壑间，直至国家精准扶贫的政策出台，像一缕春风吹拂进这里的山乡。

村民们做梦都没有想到，在四川省作协与渠县扶贫移民和开发局的共同努力下，大田村实施了"庭院经济+'三改一整治'"亮点工程项目，协调完成了村社断头路和入户路共2.95公里土路的硬化工程，以及村一至五社自来水管网延伸铺设4公里工程项目。整个大田村在家庭种植养殖业、改厨、改厕、修建垃圾池、整治庭院卫生等方面大刀阔斧，群众在经济收入提高的同时，又改造了户居环境，提高了生活质量，像城里人一样过起了舒适的生活。

红军当年走过的地方，今天外面的人们又走了进来。你的家就是我的家，你的事儿就是我的事儿，彼此依存，心手相牵。那天，在岩峰镇的集体拆迁安置房里，当四川省作协党组书记侯志明走进蒲海珍的家，和老奶奶的手握在一起时，她粗糙的一双劳作大手，已经被安逸舒适的时光打磨得精致光滑；而大田村的今天，也迎来了它最美的时刻。

"很多外出打工的人又回来了，物质上富裕起来了的大田村，下一步的打算是我们在精神上也要富裕起来，借用古賨国之都、中国汉阙之乡的名片，希望挖掘出我们现有的文化故事，在红军当年走过的大田村，走出一条文旅兴村的新路子。"李氏家族的后人——大田村的村支书李太书满怀希望地说。

一山一水皆是情！

建书香家庭

盛世华年，国脉同文脉相连。

走过岁月的年轮，大田村的山越发青绿。路宽了，房子明亮了，百姓们的心中更加燃烧起了希望的火苗。

四川省作协定点帮扶的渠县大田村，在 2017 年底脱贫 119 户 428 人，通过省、市、县验收后成功脱贫摘帽，脱贫成效居当年脱贫村第一名。省作协因此获得 2017 年定点扶贫省直部门（单位）先进集体和 2017 年全省脱贫攻坚"五个一"帮扶先进集体。

2017 年底，脱贫后的大田村老百姓过上了"两不愁、三保障"的好生活；但脱贫后的大田村，精神上的富有追求迫在眉睫。那一年的雨水特别多，一下就是三个月；但那一年人们的干劲儿特别足，村委会办公室很快就修建起来了。

新修的村委会办公室建在一座山丘上，环境清幽，视野开阔。推开黑油漆的铁大门，古朴而典雅的乡村四合院扑面而来，内里的书法橱窗、篮球场、图书阅览室、村民合作社等，成为山水间一道特别的风景线。

"文化是民族的血脉，是人民的精神家园。"在大田村的书香阅览室里，首先映入眼帘的便是这样的两排大字。早在 2017 年 4 月，四川省作协举办的文学扶贫"万千百十"活动就在汶川启动。

"营造书香社会，共建和谐渠县。"在四川省作协开展的文学扶贫"万千百十"捐书活动中，当年就有 6000 余册的图书摆放到了大田村图书阅览室的书架上。

村委会办公室的修建，彻底结束了大田村没有卫生室、文化室、广播室的历史。在新修的村委会办公大院里，四川省作协又特地开辟出一间宽敞的房子，作为乡村图书阅览室。今天阅览室藏书多达 14600 本，并且全部分类造册，按照生活类、儿童类、科技类、财经类、文化类等一一编号，方便村民们随时借阅。村民们也第一次有了与以往不一样的去处，淡淡的书香，氤氲在绿色的山岗上。

九〇后的张津睿是图书阅览室的常客。小伙子是土生土长的大田村人，他在成都信息工程大学迎新九天酒店管理学院毕业后，也曾经在成都闯荡，先后当过一家大公司的销售经理、市场部主管；辞职后，2016 年，他又到河南郑州闯荡天涯；2017 年张津睿和女朋友结了婚，恰逢此时老家大田村已经脱贫摘帽，各项产业也在蓬勃地发展，他干脆带着新婚的妻子回到阔别已久的家乡，开始重新规划自己的人生。

高通慧和丈夫已经在大田村扎下根来，她在村委会工作，丈夫在村里的板材加工厂上班，是厂里的技术骨干，有着很高的薪酬。夫妻俩成了村里一些年轻人的榜样。村里陆陆续续开办的养殖场、加工厂和果园等，也吸引了不少年轻人到这里来学习科学技术和知识。

知识就是财富，科技可以改变命运。这样的观念，春风化雨般，不知不觉间深入人心。哪家孩子上学没上学，是不是留守孩子，两任在一线工作的第一书记也了如指掌。

第一任书记黄泽栋在调研中发现有家贫困户的女儿失学在家，他当即带上孩子及其家人，经过与就近学校的反复沟通，孩子最终如愿以偿地坐在了宽敞明亮的教室里。

现任的大田村第一书记史向武很欣喜。他记得最清楚的一个贫困户叫张小军，是大田村一社的人，此前因在外地打工致残，双脚残缺，不能行走。他干活的时候只能趴在地里，妻子故此远走高飞，留下一儿一女，家庭极度贫困。贫困户建档立卡后，张小军被纳入低保户，儿子在外地打工，女儿受到了良好的教育。

2018年6月1日，省作协慰问大田村留守儿童　图片由大田村提供

学校的大门永远向大田村的孩子们敞开着,一个都不能少。四川省作协文学交流服务中心主任杨华多年来持续做着一件事:资助孤儿李春英上学!

只要一抬头,就会看见图书阅览室里还挂着一些作家们亲笔书写的书法作品:"老百姓是我们的衣食父母""吃水不忘挖井人,时刻感恩共产党"……其中牛放老师的书法最醒目,显露出淡淡的书香韵致。图书阅览室成了村民们的心灵家园。

近五年来,只要新春来临,大田村就会响起欢乐的笑声。为让群众过一个温暖祥和的大年,四川省作协党组每年都会如约而至,到大田村走一对一帮扶的亲戚,在村委会主持召开定点帮扶座谈会,开展"新春送暖,情满大田"系列慰问活动。

文化大篷车走进大田村　图片由大田村提供

仅 2020 年新春佳节,在大田村送文化进农家的活动中,四川省作协就为全村群众送上过节食物、生活用品和书籍等慰问物资共计 4 万余元。

当然,最受当地百姓欢迎的,还是中华民族过春节不可缺少的一环:写春联!"写春联送祝福""讲党课送图书"、"春节文化漫谈"知识大讲座等,仿佛一缕清新的风,又恰似一股文化的清泉,滋养着今天的大田村。

　　2019 年的国庆节过后，天气已经转凉，因担忧自己帮扶的老人受凉，刚从大凉山扶贫归来的四川省作协的一位干部，连续开了 11 个小时的车，拉着刚买好的新疆棉絮，马不停蹄地赶往大田村。

　　这年春节，大田村的"写春联"慰问活动现场，气氛尤其热烈：侯志明、牛放等三个大男人被村民们团团围住，一直不让走。三个人累得筋疲力尽，写到最后，每个人的腰几乎都弯了。

　　一床棉絮，一副春联，一个书包……一颗颗炽热的心，汇聚成了大田村的暖流。

　　当年，红军走过这里，也曾在巍巍汉阙之下倾尽热血，保卫疆土，护佑一方百姓。渠县的红色革命文化，成为秦巴山区红色革命文化不可分割的一部分，今天的渠县革命烈士纪念园，受到世人的敬仰。

省作协送文化到大田村　图片由大田村提供

曾经参与渠县革命烈士纪念园修建工作的冉从亮，提及大田村那段波澜壮阔的红色革命史，无论何时何地都心绪难平。出生于1946年的他，祖上流传下来的故事，像一部史书封藏在心底：红军在这里教人识字，红军在这里保家卫国。冉家曾有四名好男儿随红军征战四方，后来有的战死疆场，有的客死他乡，从此故乡只能在梦里永远遥望。

　　江山代有才人出。冉从亮的心始终有温暖的底色：今天，他参与了大田村的路桥建设，在通往大田村的每一户人家中，一砖一石皆是情。

　　耕读传世家，如是，英雄可瞑目！当年红军走过的地方，今天已经泛起新绿。大田村就这样静卧于千岭万壑中，任凭这醉人的绿攀上枝头，绕过院墙，沿着公路，蔓延至远方。

引文化风尚

　　中华文明，溯源而上，华夏民族总是逐水而居。发源于川、陕两界大巴山和米仓山南麓的渠江，穿境而过渠县后，汇入长江流域面积最大的支流嘉陵江。

　　时空之镜下，大田村隐居在四川盆地的东部、达州市西南部的渠县岩峰镇。它蕴藏着丰厚的人文故事，却因为贫穷和荒芜，曾经几乎与外界隔绝，就像埋藏在渠县这片土地下的那些古老秘密一样，静静等待着时间的揭晓；它又宛如一块晶莹剔透的碧玉，镶嵌在群山丘壑间，尽情演绎着这片土地今天的故事。

　　走在大田村的路上，会看到"城坝遗址"这样的文旅标识。就是这简单的几个字，却蕴藏了蜀地一段厚重的人文和历史。顺着标识走去，思绪就会回到几千年前的原始岁月里。

　　2005年3月，春寒料峭，四川省文物考古研究院的专家们却兴奋不已，继蜀地三星堆和金沙遗址被发掘后，渠县土溪镇城坝村巨大的考古发现再次震撼了他们。在奔流不息的渠江岸边，当地下沉睡了几千年的古城重现天日，当刻印着"宕渠"的残破瓦当完美组合在一起，一段久远的历史秘密也大白于天下。

城坝遗址距渠县县城 26 公里，三面环江，因位于土溪镇城坝村而得名，又名宕渠城遗址，是賨人文化遗址，总面积约 230 万平方米。

商周时期，賨人是巴人的一个分支，今城坝遗址便是他们建立的都城。据《华阳国志》记载：秦灭巴蜀后就于此建宕渠县，东汉车骑将军冯绲增修，俗名车骑城。"东晋末，地为'蛮獠'所侵而靡，遂以荒废。"其城兴废长达 700 余年，其间屡为州、郡、县治。

2006 年 5 月，国务院公布城坝遗址为第六批全国文物保护单位。2016 年 11 月，国家文物局将其列入"十三五"期间重要大遗址名单。2018 年 10 月，它又获中国考古学会田野考古奖一等奖。

在渠县历史博物馆里，那些闪着寒光的铜戈、铜斧、铜矛等出土文物，至今仍在讲述着巴人刚直勇猛、骁勇善战的故事。据《华阳国志·巴志》载，周武王伐纣时，"巴师勇锐，歌舞以凌殷人"；刘邦平定三秦之后，招募一批賨人为前锋，又命乐工学习改编了他们的战舞，称为"巴渝舞"，司马相如《子虚赋》寥寥几笔，就写出了巴渝舞壮观的场面："千人唱，万人和，山陵为之震动，山谷为之荡波。"

历史远去，曾经繁盛一时的古城池已成为废墟。但它们遗存的那些实物，以及不可磨灭的中华文化，却裸露出历史尘埃，被时光之手重新打捞了出来。它们与那些屹立在这片土地的中华汉阙一起，伫望着亘古不变的岁月和山河。

在通往大田村的公路侧，曾经有出川的古驿道。而就在这些古驿道中，至今还分布着举世罕见的中华汉阙。在与城坝遗址隔江相望的土溪镇不足 10 公里的古驿道旁，分布着冯焕阙、沈府君阙、蒲家湾无铭阙等 6 处 7 尊汉阙。

2001 年，国务院将渠县 6 处汉阙以"渠县汉阙"名目合并公布为第五批全国重点文物保护单位，渠县由此摘取了"中国汉阙之乡"的美誉。

正午的阳光炽热难耐，山乡稻田里秧苗们似乎正忙着喝水、忙着拔节和生长。但沈府君阙却静静地伫立在那里，守候着历史，不言不语。一只石雕的凤凰展翅腾飞着，深情地望着公路的另一侧，那里就是大田村。

汉阙之乡，文脉流芳。也许渠江流过的地方，土地皆然。大田村就是这样，揭开它的历史，只需要李氏祠堂的一块石碑。

今天，在李氏祠堂的对面，毗邻大田板材厂的是一座座村民小洋楼，它们依次排开，却又紧紧依偎着村委会大院。工厂、村委会办公室、民房，有机生动地构成了大田村民们心中的精神高地。

站在村委会的办公大院，四下眺望，那满山的桃子树，直把逼人眼的绿注满心怀。而那些垂挂在枝叶中的桃子们，露出晕红色的光圈，似乎正在对着清风微笑。

固本思源。大田村的土地流转后，村民们平时就在果园上班，拿固定工资，以致富增收，解决后顾之忧。

比"硕源"的桃子们还要高兴的，是大田村几百户土生土长的农民们。农闲时，他们纷纷放下锄头，走进位于半山腰的村委会，打球、读书，或者跳一段铿锵有力的巴渝舞……耕读传世家，远山也描绘着一幅农耕文明社会的美好画卷。

秦巴山区深处的大田村，在精准扶贫的政策指令下，也从历史的岁月中苏醒。2017 年一期《四川日报》如是记载：10 月 17 日。渠县。秋雨纷飞。水口乡大田村迎来了一群特殊的"亲人"，他们是四川省作协主席阿来和省内的作家代表们。冒雨蹚泥，回到这个日夜牵挂的"家"，阿来和作家们走"亲戚"、访民意、送书赠文化。

10 月 17 日，省作协在渠县举行了脱贫攻坚"万千百十"文学活动，2017 年重点作品扶持项目签约仪式暨签约作家渠县采风活动，进一步鼓励广大作家继续深入生活、扎根人民，聚焦时代主题，奋力书写"四川故事"，扎实推进"万千百十"文学扶持活动深入持续有效开展。当天下午，阿来和作家们驱车赶往渠县水口乡大田村，既为创作采风，又去实地探访这里的脱贫攻坚工作的进展情况。

饮水思源。城坝遗址里，考古专家们掘开的十六口汉代水井，讲述着当年的繁华和兴盛。而那些消逝已久的宕渠古城的繁华场景，那些关于中华汉阙和秦巴山区红色革命文化的故事，今天又以另一种新的方式，在这

/
芳华大田村
/

片土地得到演绎和传承。《四川文学》《当代文坛》《星星》诗刊等先后走进渠县，开办讲坛，传播文化。

绿色满园的大田村，连接起了秦巴革命老区的历史和今天，让曾经的荒芜成为历史的遗址，被深埋于地下。而这样一个美丽的村落，只是中华大地的一个缩影！

秦砖汉阙，蜀地气魄。不管这片土地风云变幻如何，文脉之根都始终守护着这片大地，守护着这里的家园。滔滔不绝的渠江可以做证！

金杯银杯不如群众的口碑

——记原达州市渠县岩峰镇大田村第一书记黄泽栋

税清静　黄　勇

　　金杯银杯不如群众的口碑，这样以实干为先的干部才是扶真贫、真扶贫。

——中共渠县县委书记苟小莉

鸟瞰渠县岩峰镇大田村·图片由大田村提供

"黄书记回来了!"

"黄书记回来了!"

2020年春节前夕,四川省作家协会创作联络部副主任黄泽栋,回到他下派了近三年之久的达州市渠县岩峰镇大田村时,引得了当地村民奔走相告,大家将他团团围住,像见到了久别的亲人一样,激动地拉着他的手问长问短,久久不愿离开。

黄泽栋,男,河南光山人。1972年出生,1991年应征入伍,1995年6月加入中国共产党,在部队历任战士、司务长、助理员等职,2011年转业到四川作协工作。2015年8月,下派到大田村担任扶贫攻坚第一书记,一干就是三年,与大田村百姓结下了深厚的情谊。

党和政府好,第一书记户户跑,不抽群众烟,不吃群众饭,不喝群众酒,只握群众手。工作成绩很能干,共产党的好党员!

——大田村五组建档立卡贫困户李太忠

李太忠,是大田村五组有名的"百货氏",嘴巴油得很,顺口溜张嘴就来。但是,他会说不会做,一家人日子过得紧巴巴,家庭收支一算,成了多年的老贫困户。2015年8月,黄泽栋刚来大田村时,李太忠一开始并不看好这个不会说四川话的第一书记,甚至他还忽悠了几个老太婆准备给黄泽栋这个河南人"出几个题目""考一下这个第一书记"。

怎么考的呢?咱们后面再说。

先说黄泽栋接到下派任务时,正为自己家里发愁。愁什么呢?家里爱人没有固定工作和收入,上高一的儿子正值青春逆反期,在儿子眼里,凡是家长说的什么都反对,凡是家长做的什么事都是错的。一家人被弄得鸡飞狗跳,正在这节骨眼上,黄泽栋却要下派去几百公里外的渠县乡村,而且一去就得两年。在爱人眼里,他这是一拍屁股躲得远远的,把儿子丢给了自己一个人,高中对于一个人的成长相当关键,父亲不在家,儿子怎么办?家怎么办?爱人自然是老大不情愿黄泽栋下派的。但是,黄泽栋是军人出身，在集体利益与个人小家庭利益发生冲突时，他毅然选择了集体利益，他把家里的矛盾和困难深藏在心中，向单位领导"谎称"老婆孩子都非常支持下派。另一方面，在家里再次"撒谎"，必须服从组织安排，扶贫攻坚是全国的大事，不能由着自己想去就去，不想去就不去。他就这样，连唬带骗，在爱人的眼泪中拖着行李箱，丢下儿子，离开了家。

当然，他心里依然矛盾重重，以至于刚开始当第一书记时，人到了大田村，心还在成都，心情恍惚，才着了李太忠的道。

前面讲，李太忠不是要"考一考"新来的第一书记黄泽栋吗？机会说来就来了。

黄泽栋第一天到大田村，第二天就"微服私访"，一个人开始走家串户，调查民情。当他来到五组时，李太忠已经给他布好了局。

黄泽栋看到几个老太婆在摆"龙门阵"，便按照下派干部培训那一套，主动与她们拉家常，问寒问暖：家里几口人？身体如何？孩子几个？住得如何？收入多少……

因为黄泽栋是河南人，他不会说四川话，他一张嘴，人家就知道他是新来的了，于是纷纷叫苦叫穷。这个说：我有病呀，吃不起药呀。那个说：我儿女不孝呀，没有一分钱收入呀。怎么办？你不是政府派来帮我们的第一书记吗？你得帮我们呀！怎么帮？黄泽栋刚去，也没经验，听他们说得那么可怜，于是把钱包掏了出来，一人发了三百，结果还没发够，钱包就空了。

黄泽栋后来才知道，那天自己头脑发热，见人就发钱，没想到第一个就发错了，那个老太婆根本不是什么贫困户，人家的儿子在重庆做生意，开的是宝马车呢。这件事被躲得远远的李太忠看得清清楚楚明明白白，他知道这个下派干部是个老实人。

尽管第一次走访就"受了骗"，但是，黄泽栋不改初心，全村 10 个村民小组，总人口 952 户 3527 人。2015 年，全村贫困发生率高达 20%，是远近闻名的"穷村"，要开展扶贫帮扶，首先要摸清最全面的一手资料，要想带领大田村脱贫致富，必须得搞清全村情况，只是再不敢乱给钱了。当年的 8 月与 9 月，十分酷热。村民们说，那段时间，在大田村的村舍院落、田间地头，经常能见到黄泽栋汗流浃背的身影！

黄泽栋（左）在建档立卡贫困户赵玉华家入户调查　图片由黄泽栋提供

　　"老乡，我姓黄，是省作协派到村里的扶贫干部，有什么困难你说！"这是黄泽栋走访时说得最多的一句话。第一次大走访，用了近 2 个月时间，952 户无一落下，大田村人都熟悉了这位一口普通话的第一书记。

　　令"百货氏"李太忠没想到的是，很快黄泽栋就走访到了自己家，他更没想到，这个曾经被自己"调教"过的第一书记，不但不忌恨自己，还一门心思想着如何帮助自己。

　　大田村位置偏僻，人口多，贫困程度深。71 岁的李太忠是村里的建档立卡贫困户，这么多年了，自己年轻时连房子都没修好过，现在老了，他更不管那么多。当黄泽栋得知他家房屋破旧急需维修，专程前往了解，没想到第一次却吃了闭门羹。

原来，李太忠唯一的儿子40多岁还未娶妻，老爷子最忌讳别人说他家穷，听说扶贫干部上门，自然没什么好脸色。因为当时在李太忠心里，他认为黄泽栋来他家走访，不过是做做样子罢了，又不能真正为他重修新房的。

虽然贫困户不领情，但是黄泽栋并没有放弃，要做好帮扶，首先要解决群众的燃眉之急，就是要为贫困户做实事。什么是实事？就是看得见摸得着的事。黄泽栋想，你不信任我，我还非得帮你把这块硬骨头啃下来不可，你以为我不能帮你修好房子，我还就是要帮你把房子重新修了才行，解放军嘛，就是要敢于攻坚克难，要不，怎么叫"扶贫攻坚"呢？

跑手续、找资金……黄泽栋背着老李一家做好了房屋改建维修筹建工作。正式动工那天，李太忠老人感动得半天说不出话来。仅仅用了一个月，紧挨着李太忠老屋旁，两间砖瓦房就正式落成。

谁也没有想到的是，就在李太忠老人搬家两星期后的一个雨夜，原先居住的老屋轰然垮塌。望着一地断垣残壁，李太忠和家人都掉下了眼泪。打那以后，李老爷子逢人便说："是黄书记救了我们一家人！"他还编出一些顺口溜来夸党的扶贫政策，夸黄泽栋。

村民们都说，李太忠活了一辈子，他的"百货氏"嘴巴终于用对了地方。

在大田村，由于当地人对外来人还不熟悉和了解，有时也会产生一些误会。黄泽栋给自己定下了来大田村的目的——"三好四给"。

"三好"即做好事，说好话，存好心；"四给"即给人信心，给人欢喜，给人希望，给人方便。在大田村三年以来，他是这样说的，也是这样做的，通过为群众办一件件小事，为村里办一件件小事，为贫困户和非贫困户解决一道道难题，为村里解决一道道难题，最终赢得了当地干部群众的认可和满意，向党和人民交上了一份满意的答卷。由当初的另眼相看到后来的刮目相看，用实干的精神，为自己赢得了人生出彩的机会。

四川省作家协会党组和领导们，感谢你们培养出了黄书记这样的好干部，他心系贫困户，是人民的好公仆，残疾人的贴心人！

——大田村一组建档立卡贫困户张小军

2015年12月，噩耗从遥远的河南传到了渠县，黄泽栋的爷爷去世了。

黄泽栋小时候，父亲在部队当兵，他是爷爷带大的，跟爷爷感情非常深，爷爷从小就疼爱这个孙子，黄泽栋也爱爷爷。小时候每天上学，爷爷都要送他到学校，下午再到学校去接他。后来爷爷老了，黄泽栋也渐渐长大了，不管是上初中还是上高中，每天黄泽栋上学时，爷爷都要送他到村口，放学回家，爷爷也会在村口那棵大槐树下等他。

后来当了兵，成了家，又转业留在了四川，见爷爷的时间和机会更少了，虽然在下派前黄泽栋知道爷爷身体一日不如一日，也预料到爷爷可能日子不多了，但没有想到老人家走得那么急，以至于最后一面也没见着。

黄泽栋是长房长孙，按河南老家规矩，他是爷爷葬礼上的重要角色，是不能缺席的。当黄泽栋的父亲从河南老家打来电话，告诉他爷爷去世的消息时，黄泽栋正在召开村社干部大会，他以退伍军人的坚强和毅力，强忍着想要流出的泪水，仍旧继续开会，就像什么也没有发生过一样。回去，还是不回去，当过兵的父亲，叫黄泽栋自己拿主意。

怎么办？爷爷自然重要，可是村里扶贫工作更重要，自己才来村里几个月，好多事情刚刚理顺，若是这时回去参加爷爷的葬礼，按老家风俗，要停灵做法事，一做得几天，再加上路途遥远，一个来回十来天又没有了。再说，自己也是共产党员，应该以大局为重，于是安慰了父亲几句，劝他们一切从简。自己晚上找了个没人的地方，向着北方，哭着长跪了一个多小时，算是向爷爷赔罪。然后第二天，他又继续投入到贫困户的建档立卡各种资料信息的录入之中去……

那天晚上，黄泽栋做了一个梦，在梦里他居然见到了爷爷，爷爷不仅没有批评他，反而表扬他做得对，并鼓励他为大田村老百姓多做好事，多做实事，要他把大田村的百姓，当作自己的亲人一样对待。

有了爷爷这份肯定，黄泽栋更加努力工作，他得对得起爷爷的嘱托，他得真正把大田村百姓当亲人对待。

大田村村落较分散，除了有急事，村民们一般很少到村委会，平日里，村委会小院总是冷冷清清。

一次走访回来，黄泽栋发现村里的刘大爷站在村委会门口。看着老人焦急的样子，应该等了很长时间了。"黄书记，才回来呀，我有急事找你们。"刘大爷是村里的建档立卡贫困户，那天因为居住的老屋电线短路，家里没电，就来到村委会想找黄书记解决。看着老人等了那么久，黄泽栋心里一阵难受……

此后，黄泽栋立下了一条"规矩"，不管什么原因，村委会办公室必须留人值守。为此，黄泽栋还专程到镇政府要了几条长凳，其中一条就摆放在他自己的卧室里。"不关门，群众才愿意上门！"这是黄泽栋最真切的体会。从那以后，黄泽栋简陋的住所一下热闹了起来，谈工作的、聊私事的，络绎不绝……

"11月8日，二组张长华反映山坪塘漏水，急需整治。""12月5日，八组贫困户刘东民申请全家纳入易地搬迁。""12月28日，十组三位村民集体反映本社入户道路尽快硬化。"……这是黄泽栋的一本接访记录本，村情民意加在一起近500条。"要不是对群众敞开大门，想得到这么多一手信息还真不容易。"黄泽栋笑着说。

贫困户张小军左腿残疾，无法行走，妻子抛下他和双胞胎儿子后离家出走，全家生活举步维艰……黄泽栋主动把张小军纳入自己的帮扶对象户，多次登门谈心交流，并赠送生产生活物资，鼓励他自强不息、勇敢面对生活，同时还通过易地扶贫搬迁让他们一家住进了新房。张小军感动地说，要不是黄书记的帮助，真不知会活成什么样，以后再不能"破罐子破摔"了，无论如何也要活出个人样！

在大田村，像李太忠、张小军这样的贫困户，在黄泽栋真心帮扶下生活发生巨大变化的还有很多。黄泽栋还利用微信、微博等平台发动身边的朋友、社会力量参与帮扶，共筹集资金超2万元。

　　2018 年 8 月，得知黄泽栋下派两年后，又"超期服役"一年也满了，不得不回省作协时，张小军花了整整一天时间，摇着黄泽栋给他买的轮椅，到镇上给黄泽栋赶制了一面锦旗，上书十个千金大字："心系贫困户，人民好公仆。"

大田村一组建档立卡贫困户张小军（左）向黄泽栋赠送锦旗

图片由黄泽栋提供

　　看到了泽栋同志在艰苦环境下的辛劳、执着、无私和大爱，充分展示了省作协在脱贫攻坚中的良好形象，令人感动。

　　　　　　　　　　　　——中共四川省作家协会党组书记侯志明

　　了解黄泽栋的人都知道，他工作起来很认真，认真得近乎死板。当然，最了解他的还是他的老婆。从最开始的不支持下派，到勉强同意，再到后来的全力支持，用他老婆的话说，遇都遇到了，他就是那样的人。

有一回，黄泽栋回成都开会，原本计划开完会顺便回一次家，看看老婆孩子。可是他又接到电话，省作协一同事帮他在省残联为大田村残疾人张小军申请的轮椅到货了，叫他到东三环外一仓库去取货。

黄泽栋知道，轮椅对于张小军来说，有多重要。张小军右腿从根部截肢，靠两只手撑在地上往前移动，轮椅就是张小军的双腿，之前黄泽栋曾自己掏钱给张小军买过一辆，不到一年多时间就已经用坏了，张小军急需新的轮椅。再说，作协同事跨部门到省残联去协调轮椅也不容易，不能因为自己的原因耽误了取货。就这样，黄泽栋马上又改道，朝自己家相反的方向去取轮椅，心想着先取了轮椅再回去。

结果，也许是残联的人太负责、太想为残疾人做实事了，听说张小军之前的轮椅用的时间不久就坏了，人家专门协调了一个又大又重，质量非常好的轮椅。黄泽栋没有车，是空着手去的，库房又比较偏僻，装轮椅的大盒子看着黄泽栋，黄泽栋看着大盒子，都没了主意。最后是库房保管员想出了办法，叫黄泽栋把盒子拆了，推着轮椅走。

黄泽栋只好依计而行，推着轮椅往家走，再看时间，几番折腾已经浪费得差不多了，自己家住西三环外，若再从东三环把轮椅推回家，不知整到啥时候了。于是，一横心，便把轮椅推到了火车东站，直接推上了动车，推回了渠县，推到了大田村张小军家里。

事情就那么凑巧，那天黄泽栋老婆还以为他要回家，做好饭一等再等不见人影，电话打过去找人，黄泽栋已经坐在回渠县的动车上了。那几天，他老婆本来身体不舒服，被他这一气，人一下就晕倒了，幸好为了等他一直开着门，被邻居发现，才及时送到医院住院。

爱人住院期间，全靠她的一个好朋友照顾她，给她做饭做鱼汤，细心照料，当爱人身体好些时，才给黄泽栋打电话，他说："你怎么不早点告诉我呢？"爱人说："给你说有用吗？那边的贫困山区父老乡亲更需要你带领他们脱贫致富奔小康，你就放心吧，我这病没什么大不了，输点液，打点针，吃点药就会慢慢好起来的。"下派回来后，亲戚都对黄泽栋说："泽栋，你这几年亏欠妻子太多了，你回来后要好好陪陪家人。"

黄泽栋心里牵挂着爱人孩子的安危，可他有时连自己也顾不上。有一次去贫困户家中走访，途经一个小河沟时，从拦水的坝上行走，因当时下雨涨水路湿打滑，差点滑入山谷之中。

扶贫期间，有好几次走访当地贫困户途中，黄泽栋因高温中暑，多亏了大田村一跑摩的的徐师傅及时救助，把他载回村办公室，第一时间联系村医救治。

有一次下组走访，到一位贫困户家中查看发展养殖业情况时，黄泽栋不小心被拴在牛棚后的小狗来了个突然袭击，咬伤了小腿，因怕贫困户担心他的腿伤需要打破伤风针，引起不必要的麻烦和自责，他便笑着撒谎说："没事，没咬到。"其实，他是强忍着伤痛，跟贫困户交流谈话，了解发展养殖业的有关情况，直至摸清全部情况离开那户人家后，他才找了个没人的地方，挽起裤腿，使劲挤出狗牙印里的瘀血，拿出自己随身携带的创可贴贴住伤口。

为发展引进一个大的产业项目耕地征用之事，得知有个别贫困户和村民曾试图阻挡和阻挠该项目的施工，黄泽栋主动到村民家宣讲扶贫政策，并耐心细致地做好群众的工作，从晚上一直做到第二天凌晨，最终说服了当地两户村民。第二天一早，施工队顺利进入开展前期土地平整施工作业。

为了帮助贫困户销售土鸡，黄泽栋便到当地的集市上拉着土鸡销售，同时又积极联系省内作家和渠县其他驻村第一书记，帮助销售土鸡。为了当天就解决李大爷土鸡销售难的问题，他还立下誓言：今天土鸡不销售完，绝不休息。在黄泽栋的号召下，渠县的一些驻村帮扶干部和第一书记纷纷加入购鸡行列。

在大田村扶贫期间，对于农村的留守老人和身体残疾的贫困户，黄泽栋总是会帮助他们做农活，或收割庄稼，或挑粪，或挑水，或力所能及地解决他们生活所需，想方设法帮助他们。

老党员张德华，他的妻子是一位癌症患者，先后动了两次大的手术，医药费用高达十几万元，是典型的因病致贫。在他的那个生产组里算是最贫穷的一个，家里的老房子大落大漏，小落小漏，下雨时家里全是接漏雨的坛坛罐罐，大盆小盆。交通也不方便，饮水也困难。黄泽栋积极为他申请易地搬迁，又打饮用水井一个，如今他们一家都住上了新房子，吃上了干净的饮用水。他的老伴逢人便说："是省作协的黄书记帮助了我们，我们现在才能彻底翻了身，过上了好日子，共产党派来的好干部，黄书记是个好人，对贫困户很关心，我们要感谢共产党的好干部黄书记，我们一辈子都不会忘记黄书记。"

十组贫困户李明俊妻子前几年因癌症去世了，连买棺材的钱都没有，听村民讲，当时遗体还停放在下着雨的外边，村民们捐资才拼凑起来买棺材的钱，让逝者入土为安。李明俊本身也有病，儿子也有病，有一次全家人都生病了，住在医院里，疾病让这个家花光了所有积蓄，甚至连盖房子的钱也用完了，留下了烂尾房，几十年就这样，无钱再修盖了，长时间遭遇雨水的冲洗，每逢下雨天，家里就是漏雨，屋内都起了青苔藓，也没有一个睡觉的地方，在走访中了解到，李明俊只能将一个小床铺架在楼道口上，上面用塑料布遮雨，一张小小的床，估计跟火车卧铺上的床位差不多，非常窄，只能容纳一个人睡觉。得知这些情况后，黄泽栋又给他申请了易地搬迁，重新选址，新修了一个房子，也通上了自来水，老人家再不用担心下雨，再不用担心房子会垮掉，终于可以住上一个没有苔藓的新房子，一个可以安安全全睡觉的新房子，一个可以安度晚年的新房子。事后李明俊要感谢黄泽栋，黄泽栋说："不用感谢我，要感谢就感谢共产党，我是共产党派来的干部，我们来搞扶贫，就是要帮助像你这样需要帮助的人，让你们过上幸福安康的生活就是我们共产党人奋斗的目标。"老人家流下了激动的泪水，握着黄泽栋的手说："黄书记，我们一辈子不会忘记您，你们共产党都是我们的大恩人。"

一通百通

——我的帮扶手记

史向武　黄　勇

　　我是 2018 年 5 月从四川省作家协会下派到达州市渠县岩峰镇大田村任扶贫第一书记的，转眼间就是两年了。回想这两年与大田村乡亲们相处的日子，我总结为四个字——"一通百通"。

思想通了干劲大

　　我所在的四川省作家协会，根据省委省政府全省扶贫攻坚总体安排部署，从 2015 年开始对口帮扶大田村。四川省作协党组高度重视扶贫工作，在机关党委具体组织领导下，作协机关事业单位全体党员干部全力以赴，先期下派的帮扶干部何明均、第一书记黄泽栋和驻村干部曾勇等同志不辱使命，积极支持渠县县委县政府扶贫工作，主动配合渠县扶贫局、岩峰镇及大田村"两委"，带领全村百姓攻坚克难，取得了大田村扶贫工作的巨大成果，于 2017 年 12 月，大田村提前退出了贫困村序列。

　　大田村提前退出贫困村序列，省作协所有帮扶干部都松了口气，大家也非常高兴，感觉是自己家亲戚脱贫致富摘了"穷帽"一样。但是，大家没想到，大田村虽然退出了贫困村，还要继续帮扶，当时大家有些不理解，尤其是按上级要求，还要继续派出驻村扶贫第一书记，而且这一任第一书记，居然是我，当时有些"想不通"。

要知道那一阵子，我们的小家庭正在迎接着严峻的考验。2017年10月，我的孩子出生；2018年5月，我的爱人因为胆囊结石正在住院准备手术，孩子还在襁褓中嗷嗷待哺无人照看，我老家又不在四川，父母及亲人都在河南老家，家里确实离不开人。省作协秘书长张渌波、机关党委专职副书记陈福成等领导跟我谈心交心。张秘书长给我讲起了渠县扶贫局局长、"感动中国人物"先进典型张渠伟的故事。张渠伟一心扑在扶贫工作上，为了扶贫，为了渠县早日脱贫摘帽，他眼睛视力下降到了0.04和0.2，几乎成了"半盲人"，几次眩晕在岗位也不愿意去做手术……比起张渠伟来，我家里的困难就不算困难了。于是，我心中的疑虑很快打消了。我思想一通，便愉快地接受了这份任务，并暗自下定决心，一定要向前面下派的同志学习，巩固好前期扶贫成果，防止贫困反弹，真正做到"扶上马，再送一程"。到大田村后，没想到由于语言不通，又闹了不少笑话。

语言通了没距离

"我不是'死书记'，我姓史，是'历史'的'史'。"刚去村上时，不知道一天到晚要解释多少次。可老百姓一回头还是说："知道了，'死书记'。"

刚来大田村时，正值春夏交替的季节，这个村给我的感觉就像这个季节，是陌生又熟悉的矛盾感。熟悉是因为曾来过一次了，自认为自己从事过几年乡镇工作，对农村工作相对熟悉一点，第二次就选择独自来村，竟闹了个大笑话。迎着朝阳踏上下村路，烈日当头瞎转悠，结果走错了路，找不到进大田村的路口了，在临近村打听了半天，因为是一口标准的河南普通话，愣是加上"手舞足蹈"了半天，才勉强又迂回到正确的村道上，这才来到了大田村村委会办公地。说陌生是面对新的工作环境、工作任务

— 053 —

史向武在大田村帮"扫帚大王"运送材料　图片由史向武提供

和服务对象等，一切都是陌生的，再加上刚才走错路的事也给我当头一棒，正所谓万事开头难。但回头一想，前几年下派的同志，他们下派时条件肯定比现在艰难得多，他们都能坚持下来，并干出了不小的成绩，我更应该向他们学习。只要思想不滑坡，办法总比困难多，于是我在日记本首页上写下"万事开头难，只要肯登攀"，我想把语言关，作为自己在大田村通过的第一关。

语言交流，是说与听两方面，一是得让村民听懂我说的话，二是我得听懂村民们说的话。我觉得首先得纠正自己的口音，尽量说普通话，或者学习说四川话。同时还要尽快学习掌握渠县岩峰镇这边的方言俚语和土话。所以，我就把手机收音机调出来，没事就听普通话，同时收听四川达州这边的广播电台节目，培养语感。平时没事就与村干部说话，听他们的腔调和发音、语气，逐渐攻克打通了语言这一关。

就像时任县委书记苟小莉在 2020 新春致辞中说的一样："来了就是渠县人。"喝渠江水、说渠县话，一起建设渠县、发展渠县。当然，比这一关更需打通，更重要的事情我还没讲。

道路通了聚民心

回头说第一天来大田村上班，按理来村第一件事是应该熟悉情况，但这只是我一厢情愿的事情。当天来到村委会时，已经是接近晌午，当我走进村便民服务中心时，正好有一群人从办公室出来，我心里还美滋滋的："欢迎我也不用这么大排场嘛。"

结果，走近了才知道是村民来村里反应修路问题。有村民说："土路都推这么久了，到现在还没有硬化，晴天一身灰，雨天一身泥，脱贫攻坚不会不搞了吧？"被围着的村支书徐代学解释道："这不新书记还没有来吗……"

"请大家听我说。"大家不约而同地看向我，"我来了，我就是新下派的第一书记，你们说的路一定要修，脱贫攻坚不是一场运动、一阵风，一定要实打实地干下去。我下派下来就是继续做这项工作。请大家先回去，我和村干部一定想法儿把全村剩余的路都硬化了。"了解了情况后，我想全村已经退出了贫困村的序列，最重要的是要巩固脱贫攻坚成果，实现稳定脱贫致富增收，而且又正好是第一书记轮换，村民们都在盼着国家政策继续得以落实，才会有这么急切的举动和语言。看来熟悉全村的计划要在完成全村断头路硬化这项工作中逐步完成了。我便在日记本上继续写下："路修通了，产业也就来了，人心也就齐了，致富也有盼头了。"

于是修路成为我下派大田村要抓的首项工作。土路已近平整完成，剩下的就是硬化，而硬化需要大笔资金，群众捐款是杯水车薪，最好的解决办法可能是去县城向相关部门申请解决。大田村离县城有近 40 公里路，要先坐摩托车到镇上才能赶公共汽车到县城。

辗转来到县城后，我首先跑到县扶贫移民局咨询，得到的回答是不在今年的扶贫项目内，即使现在申请也要等到明年才能审批，而且能否审批下来还要看资金安排，毕竟全县那么多项目都等着用钱，充满了不确定性。

我又到县交通运输管理局，了解到社道硬化不属于他们的职责范围。又跑了几个部门都得到没有资金硬化的结果。

转了一大圈，跑了好几个单位，却没有一点收获，此时我的心里已然凉了半截，没想到下派村里面第一件事就四处碰壁。我垂头丧气地回到村宿舍，晚饭也没有吃就躺床上了，但是在床上辗转反侧难以入睡，回忆起自己对群众的承诺和在县城的遭遇，挫败感和羞耻感油然而生。看着床头墙上的那面党旗，想到了下派前原单位党组侯志明书记对我讲的话："第一书记就是干字当先，同时要有百折不挠的韧劲'苦干'，更要以多谋善断的智慧'巧干'，才能取得最后胜利。"是啊，自己白天东一榔头西一棒的那样子，像个无头苍蝇到处乱撞，怎么会有结果呢？万丈高楼平地起，明天到镇政府问问说不定有希望。

皇天不负有心人，第二天，在镇政府"脱领办"还真打听到这件事，是由县上惠农项目投资管理有限责任公司牵头实施。我心里顿时燃起了希望，又马上驱车到县城四处打听后，终于找到了这家单位，突然想到一个人都不认识，就这么上去，找哪个办公室问呢？万一人家又不管这事呢？碍于面子，我心里顿时打起了退堂鼓，突然不想再上去了，怕丢人。但回头一想，自己面子事小，百姓脚下的路事大，前面都已经起了九十九步了，脚下这最后一步，若是因为自己怕丢面子，不去找一下，就把村民们的路和信任都给耽误了。一回生两回熟嘛，我不认识他们，他们也不认识我，怕什么？我就给自己打气，一定要上去找，上楼正好看到了项目实施办公室，听我的介绍后，里面办公室的吴荣超经理还比较热情，说全县的村断头路硬化项目正在申报，涉及的村多路长，想要实施就要抓紧上报。

听到这个消息，我感觉像抓住了救命稻草一样飞奔出去，连一声谢谢也忘了。立即回村，与村两委连夜商量了断头路具体路段和请示报告内容，第二天一大早就将报告送去了吴经理办公室，他笑着说："这速度倒是快，快是快，但是我们还要派人下去再测量具体长度，回去等消息吧。"

为了修路，我每过一段时间就厚着脸皮到吴经理办公室去打听进展，弄得连他们办公室的好几位同志都对我说："史书记，你这天天来，我们都感觉不快马加鞭地整出来都不好意思喝水呢，你看嘛，这桶纯净水自你来了到现在还没有喝完呢。"我只能不好意思地说以后大田村果树收获了第一时间与他们分享丰收的喜悦。好不容易等到了实施文件的下发，突然发现与之前上报的长度少了1公里。虽然看似不长，但是却是大问题，群众之事无小事，群众不患寡而患不均。怎么办，总不能不实施吧，好不容易才申请下来的项目。最后，召开村社干部大会，大家讨论之后，采取取舍切割的办法，将之前已经硬化但需要这次重新维护的村道中还可以用的部分取消，调整到没有纳入实施的村民入户路中去，尽可能满足群众的要求，减少矛盾，确保了2.95公里的断头路和入户路硬化尽快顺利实施。我急忙连夜编写请求调整路段标的文件，送到吴经理办公室说明调整缘由。至此，修路项目虽历经多少个日日夜夜，但最终得以确定，当看到群众满意的笑脸时，感觉自己所做的工作有意义、有价值。我在日记中摘抄下安格尔的这段话："所有坚韧不拔的发奋，迟早会取得报酬的。你拥有艰苦奋斗的精神，坚持梦想，持之以恒，必将成功。"

伴随着家家户户道路硬化联通，我这个"死书记"逐渐从村民口中变成了"活书记"。也许百姓们觉得"活"比"死"好，我认为这是百姓对我的一种认可，我只有为大家多做实事，才能让他们生活得更好。

扶志通向致富路

大田村是渠县130个贫困村之一，该村总人口3724人，953户，现有贫困保户198户，758人。如今面对全国脱贫攻坚战场上这只猛虎，我们唯有拿起打虎上山的勇气和"明知山有虎，偏向虎山行"的决心，方能取得最终的胜利，成为打"虎"英雄。

说起大田村九组李晓东，他贫穷得很特别。一个大男人，年龄40岁，初中毕业的他本可以安心打工挣钱的，而且在外长期是带班的小领导，日子过得红红火火，但是因为婚姻变故，整个人也变了，变得好吃懒做，而

大田村贫困户徐召文创新扫帚编织工艺脱贫致富　图片由大田村提供

且还染上了赌博抽烟的恶习，留下一个女儿没有人照顾。这样一个志向垮了的小伙子，让当地群众对他既怜又怕，与他渐行渐远。其基本生存一靠讨，二靠熬，三靠要。而仅有的两间老式砖木结构房，穿眼漏风，是严重危房，既不能遮风避雨，更无法保暖度日，"三个石头架个锅，搭个地铺像狗窝，夏天蚊虫满地飞，下雨屋内水坑坑"。李晓东成了一个让当地干部感到棘手，周围群众讨厌的贫困户，我们村两委干部认为他有能力、人年轻，只是一时迷失了方向，而且我通过对周围群众的了解走访，摸清了他家的实际情况，掌握了他致穷致贫的主要原因，经过大家开会商量，决定扶贫先扶志，把他视为亲人，对他既不嫌弃，更不放弃，既耐心又贴心地关心、帮助，并精心为他制定了一套"打虎上山、浪子回头"的特殊帮扶之路。

一是要脱贫，先塑心。首先要重新点燃他对生活的希望，打通他心里通向脱贫致富的希望之路。李晓东虽然成了当地的问题人，但问题是他自认为无能为力，也无法改变自己的命运。自身失败，生活无望，自暴自弃，被人唾弃，有他无多，无他不少，他自己无法面对现实，无心振作精神。每日我都要到他家，苦口婆心，不厌其烦，耐心细致地教他做人，帮他做事；每日和他推心置腹，以心交心，树立信心，晓之以理，动之以情，教育他依靠党的扶贫政策；每日宣传从失败走向成功的励志故事，初心不改、诲人不倦，让李晓东重塑信心，相信英雄必有用武之地，通过自身勤奋努力，就一定能够改变命运，过上好日子，住上好房子。

史向武组织村民在硕源果业种植基地除草　图片由大田村提供

二是要致富，找门路。要彻底治好心病，还得着力解决他最迫切，最根本的问题，脱贫致富需要多管齐下、多措并举。针对他自己上过初中，而且在外经常带班的经验，介绍他到大田村委会从办公室主任做起，一方面远离赌博的吸引，另一方面还可以发挥他的长处，既戒掉赌瘾还可以就近工作照顾家里的老人和上学的女儿，一举多得的举动给了他改过自新的动力。针对大田村一直没有小有规模的商店，平时买米、面、油等生活必需品，都需要到4公里外的镇上购买，给全村群众造成了诸多不便的情况，因此通过协调房子和提供供货渠道，建议并支持他的老婆在村委会附近开了一家便利店，既可以开店挣钱，更重要的是给全村百姓提供了便利，使他慢慢重新得到群众的认可和赞赏。协助为其申请农村产业周转金3000元，用于支持他发展种植养殖业，一年种植水稻6亩多，养殖鸭子近千只，全年人均收入实现翻番，以前混乱不堪的日子现在过得红红火火。

三是要扶志，守笃力。正是这种"不破楼兰终不还"的坚韧，不摆脱贫困誓不罢休的笃力，让李晓东看到了希望，选择了奋斗，重新燃起了斗志，从而让他的生活重新走上正轨，以前在他身上存在的赌博抽烟、不讲卫生、不爱干净、不与人交流的现象已全然改变，他养成了好习惯，形成了好风气，邻里关系和谐，生产生活改善。提到今天的变化，他句句不离驻村干部多年的无私帮助，频频念叨驻村干部长期的真心服务，他自称就是党的好政策让他这个"病武松"能够重上山、再"打虎"，脱贫致富，重新做人，最终让他能够快乐地工作，健康地生活。

读书扶智通大义

记得在一次走访贫困户宣传脱贫攻坚政策的时候，走到了一社贫困户张良家中，这家就两位70多岁的老人，女儿远嫁新疆几年都不能回来看望老人一次。因为党的政策，他家享受了易地搬迁，入住有50平方米宽敞明亮的新房子里，平时也编一些竹篾笆卖了贴补家用。我知道张良本人因为以前做过社长能认识一些字。就在我走进他家，看到厚厚的竹篾笆一旁，赫然放了两本书，其中一本就是省作协主席阿来的《尘埃落定》，我拿起这本书问他："张大爷，你平时也喜欢读书啊。"张良答道："史书记，我们家平时就两口人在家，我编编竹篾笆，她上山下田放放牛，也没有特别的事情可以做，正好认得一些字，而我的帮扶人阿来主席来帮扶我，送了我几本他的书，我农闲时候就翻翻看看，让史书记笑话了。"

我赶紧接话道："读书没有高低贵贱之分，您爱读书的精神就值得我向您致敬，向您学习。"我想到了村里正好新修的文化活动中心有一个农村书屋，心里顿时有一个想法，如果利用农家书屋，为村里像张大爷这样的愿意读书的人提供一个舒适的环境，也算是老有所乐的一件好事。我到村上和村干部商量后，当即决定利用省作协捐建的使用面积约达100平方米的文化图书室打造成宜读宜学的农村书屋，并根据村里留守老人较多的实际，富有特色地创新了"三多一少"的模式。

一是图书数量多，借助省作协定点帮扶的资源优势，积极申请省作协加强捐赠图书的力度，自帮扶以来累计捐赠图书近7000册，在同级别图书室中居于前列；二是图书种类多，积极申请捐赠图书的同时，针对农村群众实际需求，有针对性地捐赠了基层党建、文学、种植养殖实用技术等多种类型，基本能满足全村各个年龄段、各种工作生活的需要用书；三是读书活动多，除了"农民夜校"学习读书，不定期组织开展"党员干部读书周""妇女儿童读书日"等活动，还组织全省优秀作家、教师等到村里授课；四是借书程序少，只要群众愿意读书，登记就可借书，场地不限，借阅时间不限，让群众真正成为图书室的主人，提高群众要脱贫的觉悟性和主动性。

同时，在农家书屋门口，放置一个洗脸盆，有清水、肥皂和纸巾，引导每位进门读书的群众在读书时候都能够养成讲卫生的好习惯。现在全村不论老少都会有事没事来农家书屋转转，更重要的是全村群众更加重视孩子上学读书了，这两年全村义务教育阶段没有辍学者，而且还有6名贫困学生考上了大学，甚至有两户贫困户培养出了两个研究生。我在日志中写道："读书是高尚的，读书的人更高尚。我家是农村的，我是农民的儿子，我深深懂得读书的重要性，我愿尽一分力量，让贫瘠的土地绽放知识的花朵。"

下派的两年时间马上就要满了，我觉得还有很多事情要做，还有很多故事要讲。我知道，青春短暂，奋斗路长。只有与历史同步伐、与时代共命运的人，才能赢得光明的未来。感谢四川省作协党组给了我下派学习锻炼的机会，感谢大田村两委和百姓对我工作的支持，一切为了大田、为了大田的一切，涓涓细流奔大海，不负韶华不负渠。

大田新画卷

石秀容　牛　放

六月的大田
青山如黛，碧水蜿蜒
稻浪翻滚，花开遍野
处处交织着美丽与喜悦

——民歌

2015 年脱贫攻坚开展以来，帮扶单位四川省作协和渠县扶贫移民局累计投入资金 1111.27 万元，改善基础设施和公共服务设施、发展特色产业，壮大村集体经济，实施贫困户危房改造与易地搬迁，为大田村民的日常生活、文化娱乐、保健就医等提供了基本保障。大田村民们普遍体会到党的关怀，社会大家庭的温暖和脱贫致富带来的富裕与幸福生活。展现了新中国成立以来人民安居、社会稳定、治安良好、交通发达的社会主义新农村幸福图景。

现在，我们拉开帷幕，走进大田村去目睹一下那些脱贫攻坚的行程和繁荣昌盛的景象。

（一）

　　6月连续天旱，每到夏季，贫困户张德华的老伴就焦急万分，这一次却十分淡定，在新房里悠闲地收拾着家务。她为何如此淡定呢？"现在家里安装了自来水，我再也不用担心天旱缺水了。"原来自来水到户是她的底气。水龙头一开，清澈的泉水就哗哗流个不停，吃多少，放多少，什么时候想吃，就什么时候放。在城市这不算什么，在贫困的大田村，这就像是天老爷睁开了眼睛，几千年才修来的福报。村子里多少人好几个晚上都幸福得睡不着觉呢。

2020年4月29日，村民们正在打通断头路　图片由大田村提供

　　张德华住在大田村月耳岩下时，吃水全靠挑。天旱的时候，村里唯一的井，犹如老母牛干瘪的乳房挤不出奶水一样，根本供应不了村民用水。人们必须翻过一座小山，再走几里山路，到邻村去挑水。去的人多了，邻村的人就像防贼一样防着，不是派人守在村口，就是用铁链把井口锁上。

持续的干旱，使大家都视水如命，临近的村子都给井口上了锁，不论翻过几道梁，爬过几个坡，往往都是空桶而归。夜深时，人们打着手电，下到井底，一瓢一瓢地舀，挑回家的也是浑浊的水。这样的日子大田村实在是受够了，过也过不好，逃也逃不掉，这里毕竟是他们的家呀，真是欲哭无泪。

斗转星移，直到 5 年前，大田村吃水还是个大问题。当时上级出资，为大田村建好易地搬迁房，村里曾多次上门做工作，让张德华一家尽早搬进新房，但是她都无奈地拒绝了："我和老伴年纪大了，还有病，子女又不在身边，一旦天旱缺水，我们根本就没办法。"

对口帮扶单位四川省作协领导得知这一情况后，多次到大田村调研，了解情况，分析问题，有针对性地派出得力干部到村里出任第一书记，按照党中央、习近平主席的要求，切实解决问题，坚决打赢脱贫攻坚战役，把党的温暖带到贫困农村去，让他们和全国人民一样过上幸福日子。作协领导了解了大田村的具体情况后，投资 10 万元，在易地搬迁点，附近山下打了一口井，再次将井水提升到搬迁点后面山坡上，在山上修好的水池里沉淀，再利用地势落差，通过管道自行流进搬迁点各家各户，让搬迁户吃上了自来水，首次彻底解决了村民吃水的老大难问题。贫困户一搬进新居，马上就体会到新居的好处，在他们心里党和国家已经为他们考虑周全了，党和习主席派来的干部，是他们的贴心人，村民们陆续搬进了新居，张德华一家也搬了进去。

2020 年初，时任四川省作协下派第一书记和村上干部又到县上争取资金，为大田村安装了 5 公里余长的自来水管网，一次就覆盖了 8 个社，让大家都吃上了自来水。

墙院边，柴火堆放得整整齐齐，院子打扫得干干净净。张德华和老伴生育三个女儿，都远嫁他乡且上有老，下有小，家庭经济也不富裕。张德华患有硅肺病，而老伴不仅胆囊被切除了，还患有一些慢性病，日子可想而知。如今，两人靠着低保、农保、粮食直补、入股分红，逢年过节三个女儿也孝敬一点，对搬进新居，用他们的话说，现在的日子是"糠箩筐跳进了米箩筐"，日子红火着呢！

张德华夫妇感慨地说："那些年，鸡屁股就是他们家的银行。"过去没有经济收入，每家的日子都过得紧巴巴的，尽管两人日出而作，日落而息，没日没夜地侍弄庄稼，日子依旧过得皱皱巴巴的，就像打满了补丁。家里养了几只鸡，每天都要下几个蛋，但舍不得吃，也不敢吃，逢赶集的日子，张德华就提上鸡蛋到集市卖了，再换回油盐酱醋和针头线脑，有时还需背上一点粮食才能换回日常生活用品。

为了让鸡蛋卖个好价钱，每场雨后，张德华都会派女儿们出去捡拾蜗牛（粮食充足，鸡就会每天下一个蛋，下的蛋大一些，价钱也会高出一两角）。小女儿曾噘着嘴说："为什么我要给鸡捡蜗牛，它生的蛋又不给我吃？"有时为了犒劳孩子们，也为了让孩子守住这个秘密，张德华会从集市上给女儿们带回一点廉价糖果，孩子们吃得津津有味。

大田村处于岩峰、贵福、水口（2019 年乡镇撤乡并镇前，现在水口镇所有的村，分别划分到岩峰镇和土溪镇）三镇交界处，到岩峰镇要走 15 里，到贵福和水口镇要走 20 里，张德华平时肚子里本就没有多少油水，赶一趟集更是走得人脚耙手软。如果遇到下雨天，深一脚，浅一脚，加上背上的粮食重量，经常走得眼冒金星，作为家里的顶梁柱张德华也只能咬着牙承受。

"现在村公路都修到了每家屋门口，出门都是坐车，想吃什么上街也方便，来回只要几十分钟，家里也用上了自来水、天然气，日子越来越红火喽！"张德华老伴话里溢满了幸福。

走出张德华家，我嗅到了一股浓浓的玉米味，四处张望，农村不仅基础设施好，吃的全是绿色食品……现在，很多人都回乡建房屋。

"这个易地搬迁点，就是以前的村小。"随同的村支书李太书说。

"小学？"我愣怔地站在原地，一切都变得如此陌生，只有通往山梁的蓬蒿小路，还能让我模糊地看到昔日曾风里雨里走过的身影。

在路口处，李太书指着搬迁点的最里面："这所学校，只剩那面墙了。"

走近看，学校的轮廓在我的记忆中鲜活、生动起来，脑海浮现自己师范毕业后在这里教书的情景。这面墙应该是办公室的那面石墙，墙壁上"诲人不倦"几个字在风雨中诉说着曾经的往事。

四个年级，四个老师，每个老师负责班上所有的课程和学生的日常管理。石墙隔音效果不好，三年级老师的声音跑到了二年级班上，四年级学生的读书声飘到了一年级孩子们的耳朵里，要是哪个班上音乐课，其他几个班也只能一起上音乐课。

没有窗玻璃的教室，夏天是烤箱，冬天是冰窖。孩子们头上不是长满了痱子，就是手脚、耳朵上长满了冻疮，严重的还会流脓血，我唯一能做到就是从微薄的工资里拿出一些钱，买了窗帘布和跳绳、羽毛球。雨天，孩子们只能挤在泥土地面的教室里活动，不到两分钟，大家的头上、脸上就像洒了一层薄薄的泥粉。

最难的就是开学的时候，各班老师要组织学生到中心校背书。午饭后，大家都带着自己的背篓到学校集合，出发到中心校，领完书，分配给同学，就往回走，来回十多里路，汗水湿透了衣衫，肩上勒痕又深又疼。

放学后，老师要走几里泥路回家吃饭，急匆匆吃了饭，又赶到学校，其余三个老师都是本村的，只有我的家在河的对面，每天我都会从厚重的石桥上来回走上好几趟。淙淙的河水从桥下流过，也顾不上看一眼桥边的风景。

有一回一连下了几天雨，那天放午学的时候，我走到河边时，河面突然宽阔了许多，石桥也被洪水淹没了，但还能隐隐约约地看到桥面。站在桥头，四处探望，蒙蒙雨雾中一个人影也没有。雨越来越大，敲打着伞面发出很响亮的声音，地上则溅起更大的雨雾。看样子这雨一时半会不会停，即使停了洪水也不会退。撑着伞，我鼓足勇气，摸摸索索走上了桥面，只能顺着桥面一小步一小步地用脚试探着挪动前行。刚走出去几步远，就明显地感觉到洪水巨大的冲击力，我有些站立不稳。

"你要过河?"身后传来粗重的声音。我小心翼翼地扭过头，冲来人点点头。他几步跨到我的前面，牵起我的手说："跟着我走就是。"因为有了依靠，胆子也大了许多，我紧紧抓住他的手，仍然不敢往远处看，两眼死死地盯着脚下，但在他的牵动下，脚也跟着朝前迈去。到了对面的桥头后，匆忙谢过他便回家了，也从未向任何人提起这事。

很久以后，妈妈和我说那个牵我过桥的人是我外婆那里的人，我外婆和我们村也是田边挨着地角，有时干活都会碰见。好几天，半夜醒来，都听见妈妈对爸爸说，你去找校长给她安排个不过河的学校。

也许是初生牛犊不怕虎，对于此事我一点都不害怕。但听见妈妈的话，我才有些后怕，只要一个波浪盖过来，我就会葬身于洪水中。转眼之间，这已经是过去十多年前的事了。

扶贫不仅是改善了住房环境、基础设施，更重要的是扶智与扶志相结合。帮扶单位省作协利用自身资源，发挥作协优势，组织作家、诗人驻村创作，举办文学公益讲座走进大田村、走进渠县中小学的活动，向学校捐赠大量图书及学习用品，还以春节、六一、七一、国家扶贫日等时间节点为契机，开展慰问、捐赠等活动，关心关爱农村留守儿童、鳏寡老人、困难家庭、贫困党员等特殊人群，共发放慰问金 12000 元，筹集爱心捐助资金 7900 元，发放棉被、文具等物品价值近 40000 元，在提高群众物质生活水平的同时，极大地丰富了群众的精神文明生活。

（二）

大田村硕源水果基地里，近段时间每天都有 20 多名村民忙碌着。

6 月的中旬，我第二次到大田村采访时，正好赶上村民采摘。

"这个树上的桃子又大又红，到这边来摘。""来了！来了！"坡下的果园里，传来村民们欢快的声音。顺着斜坡，我磕磕绊绊地下到村民们的园子里。七八个村民，或戴着草帽，或戴着袖套，在树下采摘，各色的塑料桶里已经采有大半桶桃子。

"你们都是附近的村民吧？"我走近一位精瘦、身穿迷彩服的大叔。

"我们都是附近的贫困户，现在轻轻松松一天也有几十块现钱。以前又是挑又是抬，一个月也挣不下几十块钱呢。"透过树叶，我看见他黧黑的脸上挂满了笑容。"今天又有顾客订购了桃子，一早，村里干部就通知了我们。你可别小瞧摘桃，这可是个技术活。"他摘桃的手停在了树间，一脸认真地对我说。

我本想帮他摘桃，听他这么一说，我只能站在树下。

"别看这些水果是土疙瘩里长出来的，可'娇贵'着啦，必须轻拿轻放。磕碰过的水果不易保存，这些水果都是要运到外地去的，更要小心。桃子到处都是，人家为什么要买我们的，那就是信得过我们嘛，我们可不能毁了自己的名声。"大叔在枝叶间挑选着又大又红的桃子，穿过枝叶的声音沾染上了桃子的果香。

"要不是有扶贫政策，我的家早就散了。"迷彩大叔告诉我，他叫李东，是大田村九社的。以前挣钱就相当于针挑土，但他还是凭着自己的一副小身板，一双手，把日子过在了人前。可前两年出了车祸，日子就一落千丈。

李东右脑太阳穴的地方，凹陷得厉害，我怕勾起他痛苦的回忆，便移开了目光。但李东并不介意，用手指给我看，还说太阳穴的骨头少了一块，随着年龄的增长，干不了体力活，挣不了钱，盖不了房，娃儿的婚事也一直没有解决。"在农村，二十几岁还没成家，就没得啥望头（盼头）了。"你不晓得，当时我就想我这家人已经完了。"李东感慨地说道。

扶贫工作开始后，李东家被评定为贫困户，享受了一些政策。娃儿出去打工后也找到了女朋友。村上引进了果园，修枝、除草、施肥、采摘，一年四季都有活干，在基地打工不累，收入还高。李东告诉我，他一个残疾人一月也能挣2000元钱，这是以前想都不敢想的事。

大田村辖区面积6平方公里，辖10个村民小组，有农户1006户3742人，2017年前有建档立卡贫困户205户760人，贫困发生率21%，属省级贫困村。

脱贫攻坚战打响以来，大田村在四川省作协、县扶贫移民局的帮扶下，在县、乡党政领导下，紧紧围绕2017年贫困村如期"摘帽"，2018年贫困户全部如期脱贫的总体目标，按照"五有一低""六有一高"的脱贫标准，精准实施17个专项扶贫计划，扎实开展"九比九看"，将"夯实基础设施建设、发展产业扶贫"作为主攻方向。

2017年，引进四川省硕源农业发展有限公司，以"支部+公司+贫困户+农户"的模式成立合作社，发展李子、桃子、柑橘果树种植230亩，即以支部带头，负责土地流转、群众工作、企业管理等，公司负责种苗、技术管理、市场销售。全村贫困户以产业周转金，农户以现金入股的方式进行经营管理，2017年发放土地流转金4.6万元，民工工资12.36万元；2018年发放民工工资15.6万元；2019年发放民工工资18.5万元，为贫困户当年增收打下了坚实基础。

大田村硕源果业基地　图片由大田村提供

收获后按总收入的四六分成，即公司占六成，合作社占四成，合同还约定5年过后给合作社保底分成每亩5000元以上，合作社提取每年纯利的5%作为村集体经济收入，人均突破12元（集体经济人均达标水平10元）。

现在各种水果市场上都不缺，如何建立自己的品牌，让顾客满意，愿意消费你的产品，必须适应市场需要，这是硬道理。硕源公司便具有打造品牌的优势。所以，硕源公司的进入，对大田村致富脱贫无疑是有好处的。

　　硕源公司在考察时，看中了大田村山坡上那一片土地。现在的水果虽是新品种，色泽、口感都很好，但对生长环境还是有苛刻要求的，土地贫瘠可以通过肥料来改善，但如果日照不充足，那水果的甜度就会严重受影响，从而导致销售难度。

　　山坡上那一片土地，涉及七社、九社、十社共三个社的土地。村社干部分成三个小组，挨家挨户做工作。农村人没有固定的作息时间，天没亮，就出门干活了；午饭时间，还在田地里；天黑尽了，还没回家，这都是正常不过的事。

　　每天天黑透时，大家都会在村办公室集中，有的一脸疲倦，有的嘴唇干裂，有的声音嘶哑，有的闷坐抽烟……烟雾弥漫办公室的时候，大家似乎才缓过劲来，把遇到的难题撂到桌面上，一起商量攻坚办法，商量来商量去，唯一的办法就是做思想工作。

　　每天从早忙到晚，也许只和一两户人谈妥土地流转的事，明明昨天已经说好了，一早起来又变卦了；有的还故意躲着村干部，不是走亲戚，就是躲在屋里不出门。

　　一周过去了，一份合同也没签下来。不是村民不想要钱，而是觉得种水果不靠谱。在农村，谁家门前屋后没有几棵水果树，这光景不见得有什么变化，以前早晨吃稀饭，现在也没吃上干饭呀！水果卖不出去，老板可以拖欠租金，农民一旦没有土地了还怎么活？

　　老婆生病了找不到现钱看病，黑三（因为长得黑，大家都叫这样喊他）愁苦着一张"榆树皮"脸。

　　村支部副书记徐建军生气地说："你就是一块榆木疙瘩，这块地租了，你还有其他的地种，人没了，你就等着哭吧。"

　　黑三被点醒了，签下了第一份合同。

　　村里的男人们，有的闷坐不吭声，有的一支接着一支抽烟，有的躲在没人的角落狠狠地扇自己耳光，他们万万没想到，平时三天说不出九句话的闷葫芦黑三，竟然成了第一个吃螃蟹的人，这就有点英雄色彩，想到英雄，觉得黑三瞬间变得高大起来。黑三都成了英雄，自己还不积极？越想越不痛快，索性到村上签合同。彼此相见，难免尴尬，"反正都是撂荒，就当捡钱。"既安慰自己，又宽慰别人。

"还没有签合同的，这边来。不会写字的，按手印也行，签了就到文书高通慧那里领钱。"耐心排队的，咧嘴数钱的，村办公室里每个人的脸上开满了花。幺娃子（家里最小的一个）嘴角叼着一截草，躲在角落专注地看着手机，但他把办公室的一切都看在眼里。

"幺娃子，你躲在这里干啥子？还不去领钱。"村副主任李万福上厕所时，看见抱着手机的幺娃子。

幺娃子瞥一眼村主任，把嘴里的一截草喷出去老远，"哼"一声，转身走了。

"整天就抱着个手机，手机能让你找到媳妇，能让你有票子花？"李万福摇摇头，"现在的年轻人啦，也不知道怎么想的？"

几台翻耕机，把山梁上的土地搅得热气腾腾。几位妇女一边开垄一边说笑。

翻耕机进场第三天，幺娃子的母亲拄着拐杖，故意找碴说弄坏了她的果树，拦在了机器前。荒草丛中确实有几棵野生的果树，只是弄弯了枝丫。蔫不拉几的幺娃子给村干部下整脚棋，这比卫星上天还让村里的男人们震惊。

"就是把我这几颗老牙啃掉，也要啃下这块硬骨头。"村干部一个个都在心里给自己较劲，既是啃下幺娃子这块硬骨头，也是啃下村民根深蒂固的贫困思想。

"家里的事都是年轻人说了算。"两天时间，村干部把门槛都踩平了，连幺娃子影子也没看到。每次，他老爹驼着背把村干部送到门口时，都会用这句话结尾。

幺娃子母亲拦在翻耕机前，徐芳的男人便明白几分了，幺娃子想得到比大家都多的租金，把那个漂亮的女人哄到手，那个女人的照片，他无意中从幺娃子的手机上看到过。在这件事上，黑三抢了个第一，要是幺娃子也占到最大的便宜，以后出门，自己都没脸见人了。

这些天，徐芳的男人，兴趣不在工钱上，喜欢闷闷地坐着，直到上床睡

／ 大田新画卷 ／

觉。有时也摸黑出门,回来更是眉头紧锁,平时一挨床就会鼾声大作,最近后半夜还在不断翻身。徐芳想,莫不是男人心里装了村里那个最好看的女人?

山梁上翻耕机再次轰隆隆响起的时候。徐芳终于明白了,这十多天,男人早出晚归并不是心里装了哪个女人,而是去给幺娃子做说服工作。徐芳很高兴,其实真正高兴的原因是,男人啃下了村干部啃不动的硬骨头,中午他要给男人炒两个下酒菜,好好犒劳犒劳男人。

初夏是一个鲜艳的季节。浓绿挤满了眼,微红的桃子顽童似的压弯了枝条,略施粉黛的青脆李、满脸酡色的鸡血李高高站在枝头,迎候太阳热烈的亲吻,浓郁的果香扑鼻而来,弥漫在整个山坡上,让风也陶醉了。

打赢脱贫攻坚战,产业扶贫是关键。20 世纪 80 年代随着打工潮兴起,大量青壮年涌入广州、深圳等沿海城市打工挣钱,留守在家都是“三六九”(妇女、儿童、老人)部队,老弱病残,农村成了空心村,大田也不例外。村里引进了产业,拓宽了群众的就业渠道,很多外出务工人员又纷纷回来了,还成了村里的致富带头人。

(三)

“不是为了一家老小,谁愿意背井离乡。”李华志在外打工十多年,除了吃穿、来往交通费,也没存下多少钱。现在,他不仅在镇上开了家摩托车售卖店,还带头种植了天麻等药材,在家门口挣的票子一点也不比外面少,既照顾了父母也管教了孩子。

“天麻要选个头相当、健壮、外观整齐、成色好、无创伤的作为麻种。”村上成立农民夜校后,李华志隔三岔五就要给大家讲天麻如何选种、栽培,还常常到田间地头现场指导,手把手教大家种植。

回乡后,李华志从事过香菇、木耳、果树、鸡鸭等传统种植养殖业,但都不太理想。随着国家对农业扶持力度的不断加大,他看到了发展农业产业的巨大潜力,加之从事过香菇等传统栽培,有一定的菌种栽培经验,经过考察论证,李华志瞄准了天麻种植,决定走规模化种植发展的路子。

2018 年，他多方筹资，自建菌种培育室，以传统方式栽培天麻，由于对天麻种植困难估计不足，加之缺乏种植技术，第一年天麻种植失败了。

但是李华志没有退缩，通过查阅资料、观看网上视频探索研究学习天麻种植技术，2019 年野生栽培天麻喜获成功，他不禁深深感叹"科技是成功法宝"。

周围群众看到李华志天麻种植带来的可观效益，便跟随他学习天麻种植技术，他组织群众一起学习，一起实践，免费到栽培地点进行指导，逐渐成为村里天麻种植带头人。

在他的带动下，大田村 10 多户村民种植天麻 20 亩。李华志说，下一步，他将继续扩大群众覆盖面，并将掌握的天麻种植技术教给更多群众，带领更多群众富起来。

大田村，田不成块，地不成片。针对产业引进难度较大的实际情况，帮扶单位省作协、县扶贫移民局、乡镇领导干部，经过多方考虑、多次调研商讨，决定引进回乡创业青年和培育本地致富带头人，采取长短结合，种养互补的方式，带动贫困户脱贫增收。

徐云博是大田村第一个回引的创业大学生。

一个大学生回来养猪。当初邻居总是人前人后笑话他，父母不理解，还觉得很是丢人。

经过两年的考察，2014 年，徐云博决定发展生猪养殖，建立祥兴家庭农场。村上协助流转土地 16 余亩，为其引进德康生猪仔猪，还邀请技术能手现场指导养殖技术。现在养殖场年出栏生猪 2000 余头。村上还多方为养殖场争取资金，增加三相电压器一台，挖掘深水井一口。

"还是年轻好，一年就能挣不少钱。"

"不是年轻好，而是知识改变命运。哪像你我几十年，这日子还是没起色。"这是村民经过徐云博的养殖场时，绕不开的中心话题。

一人致富不算富。徐云博当初决定回来，就是为了带领大家脱贫致富，在帮扶单位省作协、县扶贫移民局的支持鼓励下，在镇党委政府的帮助下，徐云博建起"公司+支部+农户"的发展模式，推动实现党组织引导、合作社拓展市场、农民共同发展的一体化经营，20 户贫困户用产业周转金入股分红，保底分红 5 个百分点，优先解决了贫困户劳动力就业问题。

在大田村采访时，同行的镇委书记贾继平说，现在每个社除了有一两个主导产业，还有一些贫困户自主发展的种植养殖业，镇村干部主要精力都放在如何提升服务水平，让产业扩能增效上。

"谢谢书记，我的命总算保住了。"路边走来一个健康黧黑的中年人，握住了贾继平的手。

看我们一愣，随后他又抓着脑袋，憨笑道："哦，我的洋姜保住了，其实那就是我的命。"

他离开后，我有些纳闷。书记告诉我，他是张小红，人勤快，头脑灵活，因父亲腿脚不方便，常年患病，妻子又是智力障碍者，还有上学的孩子，家庭经济入不敷出，故被评为贫困户。

村上与渠县宕府王食品有限公司签订订单农业发展洋姜种植，流转土地近 500 亩，部分无劳动力的贫困户用产业周转金入股，由村里负责翻耕、种植，收获后，除去成本、劳力，收取部分管理费作为村集体经济组织收入，其余部分按入股比例分成，在家有劳动能力的贫困户，鼓励自种、自收，村上负责统一销售。

以前，张小红也在自家自留地种植过洋姜，但大多都是任其自由生长，时节一到，便挖出来，淘洗干净，腌制咸菜。洋姜种植技术简单，回本快，又不用考虑销售，应该是一条致富门路。张小红、李彪承包了 50 亩土地，种植洋姜。

翻地、播种、浇水，张小红精心地照顾着这块地，看到拱出泥土的幼苗，他看到脱贫的希望，每天到地里除草、施肥，洋姜长势良好。

大田村的土质薄，洋姜虽然抗旱，但土壤水分充足能大幅度提高产量。张小红想在自己的基地建口蓄水池，他把自己的想法告诉了镇干部后，不到两周时间，基地的蓄水池就建好了。

脱贫攻坚就是以贫困村为主战场，发挥致富带头作用，通过"输血式"扶贫，到"造血式"开发，让越来越多的贫困户，走上致富的康庄大道。

走进大田村森鑫板材加工厂，机器轰鸣声震耳欲聋；晒场里，工人翻拾着一排排晾晒的木片，黧黑的臂膀在骄阳下泛着油光。今年受疫情的影响，工作不如以前好找了，对于一天能拿到100多元工资，贫困户李云很是高兴，像李云这样的建档立卡的贫困户，厂里有89人，每人每月的务工收入最低保障2000多元，最高时可拿到6000多元。

　　森鑫板材加工厂采取"支部+公司+专合社"的模式发展桉树2000亩，建成占地40余亩的板材加工厂。优先对剩余劳动力贫困户进行岗位培训，提供就业岗位，增加贫困户家庭收入，让当地村民做到了"打工挣票子、种田饱肚子"两不误。

省作协党组书记侯志明同志调研帮扶产业发展情况　图片由大田村提供

　　帮扶部门四川省作协多次深入贫困户家中，结合贫困户自身实际，量身定制脱贫方案，发展庭园经济426户，养殖土鸡1万余只，并用以购代捐的方式，解决销路问题，每户每年净收益900元；发展种植优质砂糖橘、蜜柚200亩，为贫困户持续增收和集体经济收入打下坚实的基础。2019年，

大田村集体经济近 5 万元，贫困户人均增收 650 元以上

决战脱贫攻坚，没有捷径，帮扶单位省作协成立了以作协党组书记侯志明为脱贫攻坚领导小组组长，对帮扶工作主动过问，脱贫问题主动解决，引进项目主动协调，在这倾心倾力倾情帮扶的 4 年里，解决了大田村许多长期想解决而没有解决的问题，办成了许多过去想办而没有办成的大事，群众的满足感和幸福感日益增强。

2017 年，大田村成功脱贫摘帽，脱贫成效居当年脱贫村第一名。省作协获得 2017 年定点帮扶省直部门（单位）先进集体和 2017 年全省脱贫攻坚"五个一"帮扶先进集体。

如今放眼大田村，一座座新房如雨后春笋般在山间星罗棋布地呈现，掩映在田陌林间；一股股清澈的自来水在院落汩汩流淌；一盏盏路灯把大山的黑夜照亮；一条条水泥公路像丝带在山间蜿蜒；一项项富民产业让农人对脱贫奔康充满希望；一幅村美民富的巨幅画卷铺展在大田村的山水之间。

大田村的果子熟了

税清静　黄　勇

"我们大田村的桃子熟了!"

"是我们大田村的桃子吗？快洗出来尝尝!"

"别急，这是工会组织的'以购代捐'，为大家采购的节日福利，每个人都有!"

2020年6月23日，端午节前一天，成都市红星路二段85号四川省作家协会院内正常的上班秩序突然被打乱了，大家纷纷涌向院内，像迎接贵

大田村的桃子熟了　摄影/税清静

宾一样去迎接那一箱箱红彤彤的桃子，因为这可不是一般的桃子。四川省作家协会对口帮扶达州市渠县岩峰镇大田村5年了，今年，大田村的扶贫水果产业终于挂果投产了，作协的领导和同志们心中那份喜悦，甚至比大田村的村民还要高兴。

渠县是四川东部典型的山区农业大县，地处四川盆地东部，达州市西南部，与广安、南充、巴中山水相连，幅员2173平方公里，辖37个乡（镇），人口150万。

渠县属省定贫困县，是国家秦巴山区连片扶贫开发重点县，也是全省"四大片区扶贫攻坚行动"88个重点贫困县之一。2014年，全县精准识别贫困村130个，建档立卡贫困户47065户143802人，贫困发生率12.1%。

由于特殊的自然地理环境和历史文化，渠县这个多山的丘陵县人口众多，区位劣势十分明显，是全国闻名的"稀饭县"。其贫穷落后，被人用笑话式典故来形容：有人坐飞机，从渠县上空掠过，只听得下面呼呼呼喝稀饭的声音，不绝于耳。渠县人缺米缺粮，吃不起干饭，只能在锅里多掺几瓢水，煮些稀粥来充饥，由于大家都穷，都是以稀粥为主要饭食，被人调侃和挤兑，这是"稀饭县"的来历。长此以往，渠县人也自嘲是"稀饭县"，个中多少无奈、多少伤悲，只有渠县人自己才能体会！这些说明了一个真切的事实，渠县穷啊！

改革开放的几十年，是渠县人大量外出务工求生的几十年。一方面，他们把年迈的父母和幼小的孩子留在家乡，到沿海开放城市和发达地区求生活、求发展，为发达地区做出了自己的贡献；另一方面，他们的外出也导致了家乡土地荒芜，杂草丛生，既没有成熟的工商业，也没有传统的农业产业，更没有先进的现代农业产业。

2015年开始，四川省作家协会对口帮扶渠县岩峰镇大田村。全村10个村民小组，总人口952户3527人。2015年，全村贫困发生率高达20%，是远近闻名的"穷村"。作为一个手里既无资金又无资源的"清水衙门"，四川省作家协会党组一班人，为大田村的脱贫致富绞尽脑汁。

一开始，县上给村里修建了连片易地搬迁安置点小区，可是房子修好了，没一户人愿意搬进去。为什么老百姓不愿意搬呢？原来是小区的电还没通，要通电还得另外架线路增加变电器。此外，小区里吃水也没解决。没水没电，贫困户们不愿搬也情有可原，居住不能解决，人心不稳，怎么谈脱贫致富？四川省作协党组领导便拉下脸皮，从省电力到市县电力系统，帮大田村呼吁、协调，终于解决了小区用电问题。四川省作协是参公单位，尽管自己也是靠财政拨款，硬是从机关人头公用经费里挤出十余万元，在大田村搬迁小区后面几百米远的山包上修建了地下水窖，在山下打了一口井，将井水抽到山上，再利用压差，通过铺设的管道流入移民安置小区每一户人家，让家家户户都吃上了自来水。水和电的问题解决后，贫困户们陆续搬进了安置点小区。

／大田村的果子熟了／

2020年七一前夕，四川省作协党组书记侯志明（右一）到大田村慰问老党员 摄影／税清静

安居才能乐业，为贫困户送鸡苗鸭苗，甚至出资鼓励他们养羊养猪养牛，这些当然能让贫困户增加一些收入，但要让村民长期增收，还是得靠

发展大型农业产业，让村民在家门口就业增收。只有贫困户有了稳定的经济收入，才能真正实现脱贫致富。为此，四川省作协党组领导意识到，要让村民认识到发展产业的重要性，首先就要提高村干部的认识，开阔他们的眼界，于是省作协组织出资大田村干部走出大田走出渠县，带他们去那些发展得好的地方参观考察，学习别人的好方法好经验。

大田村位置偏僻，人口多，贫困程度深。大多数青壮年都外出务工了，山地林地大量土地没人耕种，荒草长得一人多高了。结合组织大田村干部外出考察情况，最后，大家决定，鼓励村民种植洋姜。洋姜是很多人都喜欢吃的一种根茎类菜品，它口感脆嫩，不论是鲜食还是腌制，味道都特别诱人。洋姜的生命力很强，在一些山野地带就能生长，对土质没有过高的要求。洋姜好种好收，一年播种，收获后有块茎残存土中，翌年可不再播种，那些没人耕种的山林土地都可以种洋姜。所以，作协和大田村两委决定组织村民种植洋姜，希望这个项目能增加农民的收入。但是，洋姜种植也形不成规模，形不成规模就算不上产业，就不能长期为贫困户和村民们提供增收保障。

渠县人都知道，渠县出了个"水果大王"，此人做了几十年的水果生意，生意做得特别大。但是，这位"水果大王"虽然是渠县人，他却不在渠县，甚至他都不在四川做生意，而是长期在贵州生活经商。要是能与那个水果大王建立关系，邀请他来投资，把大田村这些山上抛荒地连片开发，建成大型果园，种上水果就好了。时任四川省作协下派大田村的第一书记黄泽栋回成都向省作协党组领导们汇报这一想法时，大家觉得这想法好是好，可是要实现起来估计没那么容易，因为投资太大，还要流转土地……

其实，对口帮扶大田村的单位，还有一个是渠县的扶贫移民局。他们也在为大田村的长远发展而尽心尽力，扶贫移民局也想到了将大田村土地流转，成片发展水果种植这个项目，四川省作家协会和渠县扶贫移民局不谋而合。

四川省作协党组书记侯志明（右一），党组成员、机关党委书记李铁（左二），党组成员、秘书长张渌波（左一）等在大田村硕源公司水果基地调研　摄影/税清静

曾经在 2014 年，为了引进水果种植长效产业，时任渠县扶贫移民局局长的张渠伟专门三次跑到贵州，找到那位渠县籍"水果大王"罗庆全，再三邀请他回渠县来投资，发展水果种植产业。

彼时罗庆全早就在贵州买了房安了家，早就成了贵州人，原本并没有回老家投资的事，但他经不住张局长一而再，再而三的打感情牌，最终答应了回渠县考察。罗庆全答应回渠县投资种植水果，其实也有另一个原因。那就是 2014 年春节，在外多年的罗庆全回家乡祭祖时，看到离开二三十年后的家乡还是那么贫穷，他询问一位长辈一天能挣多少钱时，那位长辈说："能挣十多元。"十多元，也就是两三斤水果的价格，这个数字深深地刺痛了罗庆全。那时，罗庆全便萌发了回乡创业带领导大家致富的想法。但是想法归想法，真正要行动起来，还是张渠伟给了他莫大的信心。他知道，作为故乡之子，他有责任为家乡的未来尽一份义务，帮助父老乡亲脱贫致富，否则，内心难以安宁。

2014 年 8 月，"水果大王"回到家乡，成立四川省硕源农业发展有限公司，在渠县新市镇鸡山村流转土地 1600 亩，从此踏上了产业发展之路，成为渠县减贫济困的带头人。硕源农业以"绿色发展、共享致富"为基本理念，把企业发展与地方经济社会发展、农民致富紧密结合在一起。在公司发展过程中，创新设计并采用"公司+农户""公司+村委会+农户""公司+专业合作社（家庭农场）+农户""公司+银行+返乡创业农民工""公司+项目+村委会+水库移民"等多种模式，实现多种利益联结，在全县 11 个基地发展水果种植产业 1 万余亩，常年在硕源农业园区务工的农民达 1500 余人，其中从外地返乡务工的农民达 4600 余人，解决了他们既能务工挣收益，又能照顾家庭父母子女的现实需求，大大增加他们和家人的生活幸福感。

硕源农业水果基地一角　照片由硕源公司提供

当然，硕源公司的成绩离不开渠县县委、县政府的大力支持和鼓励，尤其是扶贫移民局的引导和帮助。有了这层"特殊"的关系，当张局长找到硕源公司负责人罗庆全，邀请他们来大田村建果园，帮助大田村百姓脱贫致富时，硕源公司便欣然同意了。当然，在商言商，硕源公司也提出了一些条件：诸如村里配合搞好土地流转，解决园区交通和灌溉用水等。于是，为了保障硕源公司大田村项目顺利进行，四川省作家协会和渠县扶贫移民局分工不分家，张渠伟亲自帮他们在县里跑手续和协调基建经费，四川省作家协会负责宣传鼓励村民们积极参与，并做好有关政策宣讲。记得有一次，有两家人不愿参与土地流转，并企图带头阻止项目进行。得到这一消息后，时任四川省作家协会下派大田村扶贫第一书记黄泽栋，连夜跑到两户村民家里给他们做思想工作，晓之以理，动之以情，最终在第二天凌晨两点多，才将两家人思想做通，从而确保了第二天基建工作的顺利开展。

现任四川省作协派驻大田村第一书记史向武说："硕源农业公司大田村水果基地，从2017年3月开始着手建设，以村为单位，2018年7月成立渠县丰硕农业农民专业合作社，一共流转土地300余亩，其中贫困户占35户，就近务工解决了劳动人口就有47户138人，此外有198户贫困户入股硕源（股权量化60万入股分红）；100户贫困户借贷产业周转资金3000元入股（渠县丰硕农业农民专业合作社），还有非贫困户20户人以现金3000元入股（渠县丰硕农业农民专业合作社），真算得上是风生水起了。今年是第一次试挂果，按种植要求不能挂果的太多，中途疏果时把果子摘下了不少。到端午节，桃子已经售出1500斤，李子售出3万多斤，价格分别为8元和6元一斤，品种好，产品也卖得上价格。明年水果正式投产，我们大田村将开发春季赏花、夏季采摘等乡村旅游项目，充分利用生态优势，保护好大田村优美的生态环境，为日后可持续发展留足空间。"

史向武讲着大田村未来的乡村振兴规划时，眼里充满了自信和憧憬，就让我们期待着大田村越来越美，人民生活越来越好吧。

大田村的李子红了　摄影/税清静

有一种扶贫叫"宕渠模式"

章 夫

初夏的天气多变，成都还有些清凉，地处川北渠江边的那座县城便已经是热气腾腾了。

没错，我说的就是渠县，一个曾经戴着"国家级贫困县"帽子的地方。因为脱贫攻坚这个主题，我走向了这片沸腾的土地。

《渠县志》（2009 年版）"大事记"："1986 年初，按 1985 年底农民年人均纯收入不足 200 元标准，国务院确定渠县为全国贫困县之一。"

"年人均纯收入不足 200 元"，30 多年前的那个县，现在怎么样了？

下午一点半从成都出发，高速公路连接起四川省的首府与那个大脑中的"贫困县"，三个半钟头抵达另一端，"蜀道之难"在广袤的四川如射线一般的高速公路，已经成为越来越遥远的故事。

从川西坝子到川北丘陵，同一个天空之下，映入眼帘的，都是一幅幅绿水青山般的风景画，怡人养心。

出了高速，满眼同样是一马平川，小车在宽敞的路面上急驰，两边的路灯列阵似的向后作"快闪状"，只需几分钟，错落有致的楼群便跃入眼底……夕阳西下，渠江泛起一派金黄。

这一切，让你根本想象不出已经进入了一个贫困县，还以为到了川西坝子的某个郊区。

山在天边肃立，桥在眼前矗立。一个偌大的开阔地带逶迤开来，放眼望去，一个现代气派的城市呈现在你眼前，它的名字就叫渠县。

这是渠县给我的第一印象和最初的感观。

用一个"大"字来概括渠县，大体是比较契合的。

人口大县，农业大县，文化大县，贫困大县。四个"大"看似相对独立，彼此却有着极其紧密的逻辑关系，人口多，底子薄，位置偏，最后落脚到"贫"字上。

千百年来，中国特色的县域治理中，这样的情况应该不是偶然的。

渠县"大"的现实背景之下，不可避免地凝结成这样一幅严峻的数据图景——

150 万人口。566 个行政村。贫困村 130 个。47065 户 143802 人生活在贫困线下，贫困发生率 10%。

渠县的官员告诉我，这一串数字，位列四川省第二。

于是乎，古老的渠县名字前面，又有了一长串定语：省定贫困县，国家秦巴山区连片扶贫开发重点县，四川省"四大片区扶贫攻坚行动"88 个重点贫困县之一。

4 年 48 个月 1460 天，每一天的数字都在不停的跳动中发生变化，累计减贫 142421 人，130 个贫困村全部退出，成功实现整县"摘帽"。

2019 年 4 月，经四川省政府批准，渠县退出"省定贫困县"序列。

于是乎，古老的渠县名字前面，又有了一长串新的定语——

连续 3 年获得省委、省政府"脱贫攻坚先进县"表彰。

先后 10 余次接受国省市"脱贫大考"（其中 3 次代表四川接受国家评估检查），承办全国易地扶贫搬迁现场会等国省市现场会 25 次，3 次被央视《新闻联播》和《焦点访谈》报道。

得到中央领导和省市主要领导肯定性批示 27 次，特别是"以综合党委"破解退役军人管理难题的工作经验，得到习近平总书记亲笔批示。

四川省委书记彭清华先后两次做出重要批示，指示全省学习推广达州渠县的做法和经验。

渠县扶贫开发局局长张渠伟荣获"2018 年度全国脱贫攻坚贡献奖""第九届全国人民满意公务员"，并当选"感动中国 2018 年度人物"和"中国好人"。

4 年为期，凤凰涅槃；一张蓝图，绘就宕渠。

仅仅 4 年时间，土地还是那方土地，人还是那些人，是什么让这里发生如此天翻地覆神奇的"化学反应"？

渠县的地形酷似一只乌龟。渠县脱贫攻坚展览室里，站在那张酷似乌龟的地形图前，张渠伟意味深长地戏称："所以我们才要提前启动，科学出发，星夜兼程……"

脱贫攻坚——中国一盘棋，四川一盘棋。渠县，是如何在下一盘不一样的棋？

1. "宕渠模式"的 3 个关键词

不知用"宕渠模式"来进行文学性的表述是否准确，只是采访结束后，我在整理所有素材时，"宕渠模式"不自觉地就冒了出来。因而不仅将这个词用在文章的标题上，也作为一个章节来展现。

我知道，"模式"不是一般的词汇。书面意义上的"模式"，是指某种事物的标准形式或使人可以照着做的标准样式。而近些年来西方时髦地将"模式"归纳为结构主义用语。法国杰出人类学家莱维-施特劳斯就认为，科学的研究方法可以分为还原主义的或结构主义的，而还原主义的方法是把复杂的现象还原到以简单的现象来说明。

我理解的"宕渠模式"更多倾向于后者，与标准意义上的"宕渠模式"不一样，这只是一个作家的直观感受。

誓师会、军令状、作战室作为"宕渠模式"的 3 个关键词，表面看上去可能有些牵强，但我想通过这 3 个有意义的词，作为管窥"宕渠模式"的窗口。

关键词之一：誓师会

2016 年，是渠县脱贫攻坚至关重要的一年，必须咬硬骨头，下深水区，将时间表拧成倒计时表，将规划图变成路线图，将路线图变成施工图。

渠县十三次党代会是脱贫攻坚历程中，极其重要的一次会议。这次金秋初际最为引人注目的会，将渠县这艘航船引向何方？全县 150 万老百姓翘首企盼。

鲜红的旗帜簇拥着金色的党徽，整个会场熠熠生辉。9 月 12 日上午，备受渠县人民瞩目的中国共产党渠县第十三次代表大会胜利闭幕。

大会制定了全县脱贫攻坚"12345"总体规划（即一年夯实基础、两年加快推进、三年提速增效、四年脱贫摘帽、五年同步小康），为脱贫攻坚划定大会聚焦 5 年规划，将脱贫攻坚纳入每年工作基调——

2017 年夯实基础、重点突破、加快发展、脱贫奔康；

2018 年奋力冲刺、坚决摘帽、加快发展、脱贫奔康；

2019 年争先进位、全面提升、加快发展、脱贫奔康。

同时，以年度 4 个推进会为抓手，深入开展脱贫攻坚"九比九看"现场大比拼，一个季度一个主题——

2016 年：脱贫攻坚促农增收、促龙头企业发展、促农旅融合发展、促城乡统筹发展。

2017 年："5+1"农业提质工程促脱贫攻坚、"4+3"工业提质工程促脱贫攻坚、"4+7"服务业提质工程促脱贫攻坚、"3+1"统筹城乡发展促脱贫攻坚。

2018 年："春季攻势+基础设施""夏季战役+基础设施""秋季攻坚+人居环境、四率一度""冬季冲刺+脱贫摘帽"。

2019 年："高质量摘帽+巩固提升，促创脱贫攻坚先进县""五个持久战+现代农业园区，促创乡村振兴先进县""全域旅游+千年城坝遗址，促创天府旅游名县""千亿产业集群+项目攻坚，促创县域经济发展先进县"，始终聚全县之智、举全民之力，奋力推进高质量摘帽。

"到 2020 年与全省全市同步全面小康"这是总体目标。

各项具体指标之下，与会代表感受最深的，是一个"实"字：目标实，任务实，措施实，最后要具体落"实"，还得落到"人"上。所以，与会者不仅是顶层设计的设计者、谋划者，同时也是参与者、执行者。

秉持"朝受命、夕饮冰"的事业心，强化"昼无为、夜难寐"的责任感。

党代会报告里，诗一般的语言背后，是软中带硬，绵里藏针的"刚"性要求。这也是脱贫攻坚大战之际，党代会对"人"（这里主要指党员干部）提出的十分严苛的要求——

鲜明"重品行、重实绩、重公认"的用人导向；开展"不作为、慢作为、乱作为"专项整治；杜绝"不想落实、不会落实、不能落实"的懒政现象。

一位党代表形象地表达与会者的共识："与其说这是一次庄严肃穆的党代会，还不如说是渠县打响脱贫攻坚总体战役的誓师会。"向党旗宣誓，向党徽誓师。

关键词之二：军令状

到 2020 年现行标准下农村贫困人口全部脱贫、贫困县全部摘帽，是我们党立下的军令状。总的"军令状"目标任务层层分解，一一落实到像渠县这样的贫困之地。

让人眩晕的数据面前，签下责任书，立下军令状——

从 2016 年起，渠县每年减贫 3 万人，到 2018 年摘掉省定贫困县帽子，到 2019 年 130 个建档立卡贫困村全部脱贫，到 2020 年全面消除绝对贫困。

自 2016 年起，全县 2.3 万余名公职人员结对认亲，走进农家，访贫问苦，精准施策。130 名第一书记告别城市的繁华和生活的安逸，卷起铺盖各就各位，驻村帮扶。

几年来没有休一个假日。2017 年从井冈山考察学习后，"5+2""白+黑"成为常态。白天入户走访解决问题，晚上开会讨论研究工作，没有星期天、没有节假日，不抱怨不埋怨、不讲执行条件。

老百姓形象地说道：真正是"用干部的脱皮换来群众的脱贫"。

2017 年 7 月 26 日，渠县召开"4+3"工业提质工程促脱贫攻坚推进会，这次会上县委对一个时期的工作比较满意，苟小莉在讲话中给予肯定："这两天，我们冒着酷暑参观了 13 个现场点，现场让人振奋。虽然暑气难耐，衣服湿了又干、干了又湿，但大家的精神状态很好，都在认真看、认真学、认真反思，相信大家都有很大的收获。"

2017 年的某一天，0 点过后县委召开常委会，直到凌晨 3 点结束。当晚免除一个镇党委书记、一个镇长的职务，全县上下震动很大。当时将 60 个镇分为 29 个战区。

"斩立决，杀无赦"已经成为领导的口头禅。2018 年是脱贫摘帽关键年，这一年所有的干部弦绷得最紧。

2017 年 4 月 25 日，渠县召开脱贫攻坚 2016 年总结表扬暨 2017 年一季度推进大会，面对全县干部，苟小莉做了一次重要的讲话，也是第一次全县层面的总动员："从研究工作层面看，我认为，研究工作就是研究问题，对工作的态度就是研究问题的态度，解决问题的办法体现领导水平、领导艺术、领导魅力。"

环视整个会场，她喝了一口水，声音提高了八度，继而说道："对问题的认识，有四种情况。一是没有问题，却不断制造问题，这是拙劣者；二是看到了问题，却找不到解决的办法，这是平庸者；三是看到了问题，也能够有办法解决问题，这是管理者；四是问题还没有发生或暴露，就能把矛盾和隐患消灭在萌芽状态、处理在最初阶段，这是智慧者。"

"面对问题，凡能够超前思考、超前谋划的干部，就是非常优秀的干部，是难能可贵的干部。"苟小莉再次将视线离开讲稿，凝视济济一堂的与会者，谆谆期冀，"希望大家做好管理者，争做智慧者。"

口号也是一种文化，关键时刻可以激励人们的斗志。采访几天中，无论是县级领导，还是基层百姓，他们都不时从口中溜出一些扶贫金句，甚为精彩，应该算是渠县"军令状文化"的一部分，兹录于下——

舞台可以简陋，演出必须精彩；岗位可以平凡，追求务必卓越。

喊响向我看齐"跟我冲"，当好行动队长"冲在前"。

把好用权方向盘，系好廉洁安全带。

筑牢"不想腐"的思想根基，构筑"不能腐"的制度防线，强化"不敢腐"的威慑效应。

着力开展"春季攻势、夏季战役、秋季攻坚、冬季冲刺"行动。

做到"村村必查、户户必看、项项必问、件件必办"。

做到"上学不掏钱、走路不糊脚、小病不出村、办事不着难"。

坚持"四给"：给旗子、给帽子、给票子、给位置，激励干事者，重用有为者。

按季"拉练"，分片"比武"；现场"报账"，逐项"核账"，阳光"晒账"；"背靠背"评分，"现兑现"问效。

突出"龙头企业带动""返乡创业带动""工商资本带动""社会服务带动""农旅融合带动"，多给贫困户培育一个可持续发展的产业、可持续脱贫的机制。

坚持"六个结合"，即"先知先觉"与"不知不觉"相结合，开展明察暗访；"户户过关"与"人人过问"相结合，一一对账销号；"季季剖析"与"月月自查"相结合，同步统考自考；贫困村贫困户与非贫困村贫困户相结合，确保不留死角；脱贫攻坚与其他工作相结合，促进统筹发展；"新老交替"与"同责追责"相结合，倒逼责任落实。

省作协党组成员、机关党委书记李铁同志在硕源果业调研

图片由大田村提供

关键词之三：作战室

我们为采访扶贫而来，而渠县关于"贫穷"与"反贫穷"的故事，都"锁定"在两间不大的屋子里，在那两间屋子里，我眼睛盯着展览的每一张图表，耳畔响起张渠伟的介绍，得到了最真实的感受。

此刻，硝烟散尽，余烟尚存。

两间"数据+图表"的展室看似平静，张渠伟却说得声情并茂。

就在展室的二楼上，还有一间"作战室"。最前端是一面墙的巨型电子屏，电子屏三米外长方形的巨型桌旁，竖放着的两排椅子，每一把椅子的前面，都放着一个话筒，随时等着人们拿话来说；两排椅子后面硕大的空间，是横放的数排椅子。看得出来，竖放的椅子是作战核心层，而横放的那些椅子，更多的是最前线的执行层。

电子屏正对面，是一幅"渠县2020脱贫攻坚作战图"，图的内容十分丰富，有"作战指挥体系图""战区分布示意图"，还有"挂牌督战工作重点""脱贫攻坚成效"。通过这张图，渠县脱贫攻坚领导体系、总体情况、工作进度……一目了然。

电子屏的左面是 3 张图："渠县脱贫攻坚 5+N 产业分布图""渠县 130 个贫困村主导产业及易地搬迁集中安置点分布图""达州市脱贫攻坚引领区布局图"。

电子屏的右面是四张表，上面分布着 130 个贫困村的基本情况，扶贫攻坚实施进度，每一个村都有流动小红旗图标在不停"流动"。

坐在总指挥的位置上，面对眼前空空如也的话筒和作战图，静静地感受着几个月前，一年前，几年前……弥漫的硝烟。眼前不禁浮现出紧张激烈的一幕又一幕，那是一场真正的战争，更多的是一些咬着牙才能拿下来的硬仗。那种紧张程度和紧张状态，至今都可以强烈地感受到。

张渠伟告诉我，挂牌作战已经成为渠县精准扶贫的常态，每周县委副书记、县长亲自督战，每月县委书记亲自出马，已经形成工作惯例。

先是召开视频会议，将好的、不好的逐一过堂，重点说进度和问题。每每到这样的时刻，一些"心虚"的部门和乡村，都会进入"大气不敢出"的状态。

这里是渠县扶贫工作的大脑之一，很多局部战争、很多重要战役的指令都从这里发出去，辐射到渠县 2018 平方公里的版图之间。

我能从中感受到一个个不眠之夜是如何度过的，我仿佛看到一次次激烈辩论甚至争吵过后的雷厉风行……或许硝烟已经暂时慢慢散去，但一直摆放的"阵势"还在，那种精气神还在这里回荡。

"歼灭战"基本结束，从大战中过来的张渠伟谈得云淡风轻，那是激战之后的一种状态。

2. "脱贫战役"的 3 个狙击手

在渠县，投入脱贫攻坚的各级干部数以万计，之所以将刘小嫣、黄小军、苟小莉三人从中遴选出来单独讲述，是因为他们的故事并非仅仅代表他们个人，很大程度上代表着他们所在的"那一个群体"。

需要说明一点的是，其间有很大的偶然性。要走访每一名干部时间不允许，因而有些抓阄一般随意选取，下面的三个人的故事可能稍显平淡（我相信应该有更精彩的故事没有展示出来），这样或许更好，更能代表"数以万计"的干部常态。

还需要说明一点是，"狙击手"只是个形象的表述，也正因为有了他们这些不俗的群体，渠县才会在脱贫战役中成为一个不俗的整体。

狙击手之一：刘小嫣

刘小嫣，男，2013 年开始任万寿乡党委书记。

这是一个看起来女人味十足的名字。刚刚落座，互通姓名时，他认真地说他名字中的每一个字，说完笑了笑："人们都说这个名字比较偏女性。"

实际上，无论是做事与做人，刘小嫣都是一个顶天立地的男子汉。

万寿乡离县城 20 多公里，全乡 1 万余人，贫穷户 374 户，千余人。特别是天马村和灵感村，是有名的贫困村，属于县人大的包片区域，2016 年时任县人大领导到天马村暗访，向村民询问相关扶贫政策，许多村民"一问三不知"，几乎都答不上来，这在当时的渠县扶贫领域，可是严重的问题。

身为乡党委书记的刘小嫣就地停职一个月，以观后效。

2016 年 6 月 18 日，这一天刘小嫣刻骨铭心。

"就地免职，这可是战时最严厉的处罚，当时服不服？"我紧盯着他的眼睛，问他。

"当然不服，但也无话可说，不得不服。"刘小嫣同样盯着我的眼睛，真诚地说，"当时我心里憋着一口气，我相信自己有能力，有基础，有底气。"

那一个月是刘小嫣人生最为难忘的一个月。他没有回家，与村民同吃同住同劳动。一个月时间，他已经将全乡所有贫困户的情况了如指掌；一个月时间，他心里已经有了脱贫致富的一个又一个方案。

一个月后，通过全方位走访每一位贫困村民，县纪委、县委组织部在同样的地点召开现场会，刘小嫣因为工作称职，恢复乡党委书记职务。

那一刻，刘小嫣说他没有止住泪水，这泪水看似有委屈，有自尊，更多的却是不甘和不舍，作为一个男人，作为一个共产党员，作为一个共产党员干部，他没有理由，也没有条件在此趴下。

恢复职务 3 个月后，渠县召开第三季度现场交流会，刘小嫣作为所有乡镇第一名的代表，登上全县经验交流大会上做经验交流。

"每天 6 点起床，直奔村上，晚上 9 点左右回来。"这样的生活和工作习惯成了他几年来的作息时间。

2018 年 10 月，万寿乡全面完成脱贫目标任务。

如今，天马村的乡村旅游示范基地已经成气候，灵感村的观光农业龙头项目碧瑶庄园已经成为渠县最具影响力的品牌工程之一。

因为出色的工作，2019 年底刘小嫣被委任到更重要的工作岗位——渠县县委巡察组组长。

狙击手之二：黄小军

黄小军是一名部队复原退伍军人，2013 年脱下军装退伍到县农办，从事农村工作。

2015 年 4 月，全县大面积招募村第一书记，他主动请缨，去往离县城 35 公里的偏远乡村——巨光乡金土村。

初来乍到，那里的贫穷落后超出了他的想象："庄稼有一半撂荒，村里几乎见不到年轻人。"目睹眼前的一切，黄小军一度找不到工作的头绪，"接下来的工作从何处着手，真的有些心灰意懒。"

迫在眉睫的是要解决村社两委的办公地点的问题。"至少要有个开会的地方，不然如何产生凝聚力？"黄小军上蹿下跳，多方筹措资金，好不容易将村社办公室、会议室修建起来，老百姓开会至少有个遮风挡雨的地方。

没想到他的努力让全村百姓看到了希望，每次开会的到会率也一次比一次上升。老百姓愿意来开会，他的思路也就容易传达到每一个百姓中间。

就这样，一次一次的会议让百姓开了眼，也长了见识。

2016 年开始，特色农业渗透进金土村的每一寸土地，蜂糖李、大雅柑橘……随之而来的冻库、电商等城市的新型玩意，一股脑儿地嵌进了金土村。种植让土地有了崭新的内容，农民的养殖业也不能落下，黄小军办起了"家庭农场"，请城里的技术员免费为农民技术指导，发放鸡苗，养殖土鸡，还注册了"金土村珍禽"商标。

黄小军将军人优良的作风带到了村里，也雷厉风行带到了每一个项目中。

生猪是农村经济的重要命脉，黄小军又利用扶贫政策养殖生猪，如今，成体系的生猪养殖和珍禽养殖已经成为当地特色，为了环保，他还对接有关部门，在村里修好了蓄水池，各种排放达到三级标准。

最让黄小军自豪的，是利用壮大后的集体经济，在村上修了一个现代气息浓厚的文化广场。"这里也是党群服务中心，金土村真正的政治中心。"黄小军欣喜地说，"老百姓在这里学习技术，修养身心，他们也跳起了城里大妈大娘的广场舞。"

如今，已经是全国人大代表的黄小军，在每年的议案中更多地聚焦"农村"和"扶贫"。"我是想如何提高村社干部待遇，让真正有用的人才留下来，确保扶贫政策可持续下去。"作为渠县电力公司党委副书记和工会主席，黄小军的身份虽然发生了变化，但他的农民情结却丝毫没有变，"我现在还是金土村第一书记。"黄小军自豪地说。

狙击手之三：苟小莉

应该说，到渠县采访扶贫，关于苟小莉的事迹材料比较多，有单独的，也有集体的，有长篇报道，也有短篇特写，十分丰富。

苟小莉与渠县结缘始于 2011 年 3 月，当时她调任中共渠县县委副书记、渠县人民政府代县长。4 个月后，她"去代转正"，在发表就职讲话时，她说，将始终保持清正廉洁、克己奉公、淡泊名利的心境，堂堂正正做人、勤勤恳恳干事、清清白白从政。

这看似是官场上的政治表态，但从几年来的政绩看，她的另一席话，却无疑发自内心，她还表示，将践行"鞠躬尽瘁干事业、真心诚意为人民"

的承诺，深入一线、深入群众、深入基层，一心抓落实、一线抓落实、一件一件抓落实。

2016年5月，苟小莉就任渠县县委书记。

渠县位于四川东部，曾是四川省第二贫困大县。刚刚履新，苟小莉就郑重承诺："从今年起，渠县将每年减贫3万人，到2018年摘掉省定贫困县帽子；到2019年130个建档立卡贫困村全部脱贫；到2020年全面消除绝对贫困，绝不落下一户一人。"

到渠县采访前，我对苟小莉一点儿也不熟悉，甚至没听说过这个名字，到渠县时也没见上一面。据说，她已经调任到新的领导岗位。短短几天采访期间，渠县上下都在说"苟书记"，于是我便有了些许兴趣，决定把她作为重要关注点去考量。

事实上，在渠县扶贫几年间，苟小莉也是一个无法绕过的名字。

"做人难，做女人难，做名女人更难。"说这话的也是一位四川女人。

严格而言，生长于渠江边的苟小莉，不是那种完全意义上的"名女人"。但我相信，她身上的"难"，很大程度绝非一般的共通的"难"。

作为一个女性，一个妻子，一个妈妈，一个儿媳，一个地方领导，自身的角色转换，身份认同，自我识别，要应付过来已经不容易了。还要服务150万人口，其间的酸甜苦辣可想而知。

每一个角色都可以形成一本书。这里我不想讲故事，想宕开一笔，透过扶贫这个特殊的窗口，看看在苟小莉领导下的渠县，另外几个具有特色的数据——

集聚社会力量，开展"认修一条路、认建一座桥、认挖一口塘、认盖一户房、认发展一片产业、认资助一个贫困孩子"爱心扶贫公益活动，累计接受社会捐助7.67亿元，修路367公里，建桥21座，整治维修山坪塘347口，建房331座，发展种植业6.3万亩、养殖业78.6万只（头），资助孩子2182个，点亮贫困群众"微心愿"6.7万个。依托扶贫日、"万企帮万村""天下渠商一家亲"等活动，带动2000余名乡友回乡进入农业农村，投资项目 140 个、资金 48.1 亿元。

新发展特色产业 15 万亩、现代畜牧养殖小区 35 个。引导 12 亿元工商资本进农村，持续用力建基地、搞加工、创品牌，打造脱贫攻坚引领示范区 9 万亩，新发展龙头企业 3 家、乡村扶贫车间 15 个，培育"渠字号"品牌 10 个以上，让 8000 余名贫困户就近就业。大力培育"乡村 CEO（首席执行官）"，创办领办专合社 340 家。渠县脱贫攻坚产业就业一体化规划，形成独有的特色。

针对"三留"人员量多、"两栖"农民较多、返乡民工增多等实情，利用闲置国有资产、集体资产和农村院落。引进龙头企业，探索创办生态环保、就业灵活的"扶贫车间" 31 个，带动 8000 余名贫困人口实现家门口就业，人均每月增收 2000 至 4000 元，户均每年增收 1.5 万元以上，同步持续叠加村集体经济收入。有效形成工厂建在农村、就业不出家门、工农两不误、脱贫早致富的渠县"扶贫车间"模式。

建成易地扶贫搬迁集中安置点 209 个，完成 11443 户 35295 人建房任务并搬迁入住，同步推进 26972 户危房改造，全面打赢打好了土坯房"歼灭战"和住房解困战，相关做法成为全国样板。

这里并非有意要突出某个人。反复思考，还是将她收录进来，是因为作为渠县扶贫攻坚不可替代的人物，谁让她是县委书记呢？谁让渠县连续 4 年荣获"四川省扶贫先进县"？竞争激烈，这样的殊荣可不是个虚浮的招牌。

实话讲，作为渠县扶贫攻坚大战的总体设计者和具体指挥者，苟小莉是一个人物。我以为，就是放在渠县的历史长河之中，"苟小莉"三个字也是不容忽视的。

2018 年 1 月 16 日，中共渠县第十三届代表大会第三次会议召开，苟小莉的报告中有这样几句话：在苦干实干中弘扬了"渠县精神"，在改革创新中探索了"渠县模式"，在追赶跨越中创造了"渠县速度"，在乘势奋进中彰显了"渠县魅力"。

一次扶贫工作大会上，苟小莉公开形容："一年三百六十日，多是横戈马上行。"

其实，这样的形容在渠县已经习以为常，她还有一个更有特色的座右铭："朝受命、夕饮冰；昼无为、夜难寐。"这句典出《庄子》的名句，我在渠县扶贫局的墙上看到时，当时一惊，在场的几个渠县人都争着给我解释，说那是他们工作的真实写照。

我当时鼻子一酸，那应该就是我直观感受到的"渠县精神"。

3. "渠县词条"的5个横切面

因为头绪太多，因为亮点纷呈，因为沟壑纵横，因为条块复杂，作为一个"局外人"，初看上去，渠县扶贫工作很容易让人眼花缭乱，为了方便读者阅读，先理清其中的条理关系，又不至于太过繁复。想起了作家韩少功的名著《马桥词典》的体例，试着写几则"渠县词条"，以此来梳理渠县扶贫的子丑寅卯。

也如韩少功在《马桥词典》中的七张扑克牌套用的经典台词：人生就像摸扑克牌，你永远不知道会摸到哪一张。扑克不会按序入手，所以当我们握了满手杂乱无章的牌，理牌将成为巨大的乐趣。

丙申（2016）词条：九比九看

词条解释： 全方位让干部群众比精准识别、看资料完善；比基础设施、看条件改变；比产业发展、看增收致富；比医疗教育、看就医就读；比保障兜底、看政策落实；比社会帮扶、看认助认捐；比服务群众、看基层党建；比村容村貌、看环境卫生；比典型经验、看总结提炼。

具体做法： 将60个乡镇分为4个片区，单月全县大考、双月片区小考，随机抽村、分组核查，乡镇党委书记现场汇报，乡村两级现场验靶、当面交账、现场打分、回访倒查、综合排名。

相继召开"春季战役+基础设施""夏季战役+基础设施""秋季攻坚+人居环境、四率一度"等 3 次现场推进会。

让贫困村现场"报账",逐项"核账",阳光"晒账","背靠背"评分,"现兑现"问效。乡镇党委书记现场汇报,同步抽考乡镇长、帮扶干部,干得好的经验交流、通报表扬;做得差的大会检讨、媒体"曝光",暗访摄制《聚焦脱贫攻坚·直击一线问题》专题片。

对名次前后各 3 个乡镇、帮扶部门授予了"流动红旗"和"黄牌警告",对应加减年度目标绩效考核分值,6 个先进和垫底乡镇部门分别做交流发言和深刻检讨。

4 年间,累计召开现场推进会 11 次,29 名县级领导和相关部门负责人对全县 130 个贫困村实现了每年至少 1 次全覆盖核查。

背景人物:贾昭安,渠县脱贫攻坚推进办公室主任。这个办公室隶属于县委办,贾昭安的工作是向县委主要领导负责。一句话,他是"九比九看"项目的具体推进者。所以他也经常讲:"我做的都是得罪人的工作,工作推进不力,领导那里无法交代;工作推进得力,又容易得罪广大同僚官员。"是啊,大家低头不见抬头见,哪个没有"打盹儿"的时候?

2017 年 4 月 25 日,苟小莉在渠县脱贫攻坚 2016 年总结表扬暨 2017 年一季度推进大会上说:从思想层面看,一些干部头脑不清醒,盲目乐观,甚至认为比井冈山做得还好;一些干部精神不振、斗志不足,产生了厌战怠战情绪;一些干部浑浑噩噩,认为在评估验收时,主管部门和帮扶部门要"帮助工作",出现了"县上和主管部门急、个别乡镇部门和基层干部不急"的"危险信号"。

丁酉（2017）词条:铁军扶贫

词条解释: 渠县把发挥退役军人率带作用作为助力脱贫攻坚的重要抓手,探索成立退役军人党组织、建立老兵创业扶贫之家、创建"老兵创业扶贫基地"。择优选派 186 名退役军人到村担任第一书记、94 人担任村党组织书记、80 人担任村委会主任、256 人担任村两委委员、70 人担任驻村工作组成员，到最贫困的乡村、攻最困难的"山头"。

具体做法： 481名退役军人结对帮扶贫困乡镇、贫困村，115人担任村第一书记，形成一支特别能战斗、特别能奉献的"扶贫铁军"，被《人民日报》、新华社、人民网等媒体评价为"延续了退伍不褪色的红色基因"。

2017年2月15日，《新闻联播》播报了渠县的"铁军扶贫"。主要做法：一是"精选"和"细派"并重。注重从需求对接、择优选派、人岗匹配等方面入手，科学统筹、精心选拔，切实把退役军人聚力到摘穷帽、挖穷根的攻坚战中来，最大限度地用活了退役军人群体。二是坚持"放权"和"加压"并进。明确退役军人第一书记履职尽责"十项重点任务"，健全第一书记四级考评体系，五类痕迹管理。注重从大胆放手使用、搭建干事平台、持续传导压力等方面入手，精心管理、综合施策，推动退役军人第一书记主动作为、冲锋在前。三是坚持"激励"和"引导"并举。注重从增强动力、激发活力、释放引力等方面入手，精准施策、多向发力，确保退役军人第一书记干在实处、走在前列。

戊戌（2018）词条：农民夜校

词条解释： 针对部分农民"政策不知晓、思想不感恩、增收无门路、脱贫等靠要"的现象，全覆盖开办农民夜校，全域开展"政策大宣讲·群众大走访"，引导群众带头当好政策明白人、致富领路人、风气引领人，自觉破除"安贫乐穷"和"等靠要"思想，增强脱贫奔康的志气和底气。

具体做法： 田边地角成了课堂，村落院坝成了讲堂。政策、技术、风气，成为"农民夜校"的"三部曲"。创新推行以"奖荣誉树典型、奖物资促自觉、奖优先激活力、群众差评提动力"为主要内容的"三奖一评"方式，实行积分管理，激发参与热情，广泛宣传脱贫政策、讲好脱贫故事，解开群众政策上的"疑点"、疏通感情上的"堵点"、攻破奔康路上的"难点"，引导群众发自内心感党恩、听党话、跟党走。

印发工作手册和墙画挂历等宣传资料6万余份，举办脱贫攻坚政策知识测试，万名干部闭卷"大考"。每月2轮贫困群众全覆盖走访搜集困难和诉求，圆梦 7600 余个"微心愿"。试点推行政策宣讲员、帮扶责任人"双查双找"返贫风险和政策落实盲区，同步优化帮扶措施、加大帮扶管控。利用乡村"大喇叭"、微信微博等开展政策法规解读、农业技术培训、感恩励志教育，激发主动脱贫的意愿和斗志。

作者观感： 展览室里，陈列着一个小册子——《渠县农民夜校学习积分管理手册》，内页区区两页，却重似千钧。这份中共渠县县委组织部印制的手册，实际上也是一个考勤簿，内页只有两张卡，一张"明白卡"，一张"积分卡"。"渠县农民夜校精准培训明白卡"上，一一标明了"学习对象"。而"渠县农民夜校教学培训积分卡"上，分日期，分进度，基础分、奖励分、扣减分，也十分详尽。这些分数项被《渠县农民夜校学习积分管理实施办法》约束得十分明确，《实施办法》共 5 章 13 条，把各种可能性都给"约"进去了，工作能细到这个程度，真让人叹服。

扉页上三句话更体现出管理者的用心："带头当政策明白人，带头当致富领路人，带头当风气引领人。"

己亥（2019）词条：电商扶贫

词条解释： 西部地方，信息闭塞，农产品难卖。借助"农民夜校"开办的电商培训课堂，渠县全覆盖发展农村电商，整合资金，建成县乡村三级电商服务网络，推行"电商+龙头企业+产业基地""电商+村党支部+贫困户"模式，坚持"市场化运作、点对点帮扶"，孵化网商创业致富，带动农民就业脱贫。

具体做法： 整合农村电商资金 4300 万元，坚持"市场化运作、点对点帮扶"，建成县乡村三级电商服务网络点 228 个，免费开展电商培训，孵化网商创业致富，带动电商就业脱贫，电商服务站站长在淘宝、一亩田等开设网店，并与贫困户签订脱贫承诺书、联系卡，形成"一店助多户"、线上线下互动、农户客商直通、增收脱贫并重的电商扶贫格局，上千贫困人群因电商而实现创业、就业，上万贫困人群直接或间接因电商而得到实惠，近 20 家企业、专合社因电子商务带动当地农民收入增长。

实际效果：全县每年线上销售农特产品达 5 亿元，上千贫困人群因电商而实现创业就业，上万贫困人群因电商得到实惠，近 20 家企业、专合社通过电商带动农民收入增长。2018 年以来，交易额实现 5.4 亿元（农特产品 2.77 亿元），带动 1.5 万贫困群众人均增收 526 元。

"渠县农民夜校开展电商培训助力脱贫攻坚"成为四川向中央汇报的两个"点上经验"之一。

庚子（2020）词条：十包责任

词条解释：十包责任，包摸清情况、完善措施、过程跟踪、户档规范、户居环境、政策宣讲、引导就医就读就业、红白喜事张罗、急难帮扶、群众认可。

"八个一"：有一套实用家具、一个干净厨房、一个卫生厕所、一条入户硬化道路、一门实用技术、一条致富门路、一个健康爱好、一个干净庭院。

具体做法：深入开展"干群一家亲"活动，将每月第二周星期三确定为"扶贫帮扶日"，23093 名财政供养人员全部"结对帮户"，开展"十大行动"：达标指标梳篦、遍访贫困对象、搬迁入住、宕渠暖冬、信访清零、返乡民工宣教、档案资料规范、洁美家园、脱贫成效展示、认可度提升，严格落实，用真情帮扶换得群众真心认可。

背景人物：陈润明，原县扶贫局党组成员，现县交通发展有限公司总经理。

对于扶贫情况，陈润明张口就来，一说就收不住嘴。陈润明告诉我，渠县 23000 多财政供养干部，一对二帮扶 4 万多贫困户。帮扶干部将贫困户子女收入自己子女的，有 200 多个。

在渠县当干部真不容易，我这里所说的"干部"，不是那种职务上的"干部"，你只要有一个"干部"身份就算数，比如你是一名教师，你是机关一名普通职员，都算"干部身份"，既如此，帮扶就是义不容辞的责任和义务。

强化"一线"意识、保持"火线"状态。"十包责任""八个指标"都是硬性要求。

据说一名警察帮扶一位孤寡老人，这位老人不幸去世了，这位警察不仅为老人送终，还下跪尽儿女之份。

4. 日记摘抄："四个书记"的一天

下面的文字，出自《百年承诺》一书，此书由四川民族出版社 2018 年 5 月出版发行。因为比较真实而生动地再现了一天的情况，原文兹录于下。

县委书记的一天

7：00，起床，在机关食堂吃早饭。

7：40，来到办公室和县环保、住建、水务等部门研究部署环保突出问题整改工作。

8：30，召开县委深改组第十二次会议，传达学习中央、省、市深改会议精神，听取部门深改工作情况汇报，落实市出台专项改革方案县级领导挂包责任，研究审议 7 个专项改革方案。

11：00，来到涌兴镇实地督导河长制和环境保护工作。为回应群众期盼，确保河道整洁、饮水安全，现场召开办公会，研究群众举报涌兴场垃圾临时填埋问题，同时，启动对涌兴镇党委书记李夏冬的问责程序。

12：20，经轮渡、换乘，赶往汇东白蜡村，看"妈妈家"的姐妹和孩子们。2 年多时间，白蜡村修通了 30 公里的绕山公路，新建维修山坪塘 10 口，发展产业 2000 余亩。在"土货一号"基地，看到群众脱贫奔康的干劲十足，很受感染，欣然记下：八月骄阳似火，白蜡牛羊满坡，稻香阵阵飘过，一波，一波，沁入我们心窝。 农民冒暑捱谷，干部走村入户，汗水湿透衣服，不苦，不苦，都为脱贫致富。

13：00，在汇东乡政府廉政食堂吃午饭，稍做休息。在此间隙，抽问书记、乡长及部分乡干部脱贫攻坚政策、环保工作履职情况。

14：00，因下午 3：30 要迎接市委领导脱贫攻坚工作督导，离开汇东，途经土溪镇，不打招呼暗访万家村"乡村车间"运行情况，这是"邦基国际"服装设计公司在全县贫困村的服装加工车间之一。7月26日，第二季度脱贫攻坚现场会，见到有20余套机器运转。从今天暗访来看，车间运行正常，没有为开现场会而"造现场"，可以尝试在全县推广，让老百姓在自己的家门口实现就业增收。

15：20，陪同市领导督导脱贫攻坚，我重点介绍创新"四个三"模式推进易地搬迁、"九比九看""铁军扶贫"等工作亮点。

19：30，召开"十件大事"推进会议，协调解决具体问题。

22：00，到办公室签批文件，同时听取几个部门负责人的工作汇报，研究解决相关问题。

23：30，回到寝室休息。

党委书记的一天

7：30，来到办公室，总结上周工作开展情况，并对本周的重点工作进行了梳理，随后在乡党委会上安排部署。

8：00，在乡廉政食堂简单吃过早饭，召开党委会研究部署易地扶贫搬迁、农村危旧房改造、贫困村产业发展、农村道路硬化、环保突出问题整改以及迎接中央环保督察组督察等工作。再次强调班子成员要在做好分管工作的同时，协调配合、形成合力，共同推进各项工作。

9：20，带领乡扶贫办、规建办等6名工作人员来到大山村易地搬迁集中安置点，查看搬迁点二期工程推进情况。现场召开座谈会，研究公建中心和红白喜事广场建设工作，要求施工方在保证工程质量的前提下，加快进度，力争8月下旬完成工程。

10：30，和扶贫办的几位同志深入易地搬迁户家中，了解搬迁户的困难和想法。由于集中安装天然气那天，金桥村杜亮和大山村李淑英2户没人在家，目前还没有通天然气，我立即和华润燃气公司联系，他们答应下午安排人员入户安装。

11：40，来到大山村党群活动中心暗访。在大山村代办点，有2位村民在咨询低保政策，代办员杨渠容正解释政策和办理程序。

12：40，和乡机关工作人员在廉政食堂就餐。用餐期间，询问了全乡环保问题整改情况，尤其是场镇垃圾分类处理问题。

14：00，先后来到五里村、李坝村，查看禁养区畜禽养殖场的关闭拆除情况。下一步将严格按照市县要求，落实好禁养区畜禽养殖场关闭拆除以奖代补办法，做好五里村王朝珍猪场、李坝村王雪山兔场、董友为鸡场、何双牛场的关闭拆除工作。

16：20，带领相关负责同志来到五龙村王朝弘养猪场，查看了养殖场的粪污处理设施，下达了整改通知书，告知王朝弘必须限期完成整改任务。

17：10，回到乡里，与分管扶贫工作的副乡长邓强（曾任大山村第一书记）交流，听取了大山村脱贫攻坚的情况。

18：30，与纪委书记、党委副书记讨论金桥村（后进村）整改情况。

19：30，按照"两学一做"学习教育活动要求，在"共产党员网"学习"能人书记"致富扶贫记——安徽省蚌埠市新庄村党总支书记周玉贝事迹。

22：00，回到寝室，总结今天情况，再次熟悉明天将要走访的贫困户。

第一书记的一天

6：20，昨晚，我回了一趟县城，与业主对接发展蜂糖李产业的事。今早刚一回到村口，村民张华就问我："听说要在金土村流转土地发展蜂糖李，农户种植有补助吗？"我向他讲解了土地流转事宜，并激励他带头流转。话音刚落，好几个村民都围了上来，有的质问土地补偿问题，有的询问"回头查"有没有清退自己……有些话很刺耳，但这是常事，我耐心细致地解答，忙活了好一阵，人群才散去。

7：30，开始为前两天精准识别的贫困户，分门别类梳理建立台账。经过精准识别，金土村共121户449人建档立卡贫困户，没有安全住房的18户。要让这些贫困户都住上安全住房，我感受到了一些压力。

11：40，整理完资料，到危改户王先成家中了解情况，看看他什么时候才能住进维修好的房子，鼓励他为自己下步脱贫打好基础，规划好当年的种养殖业来保证当年的收入。

12：20，来到了易地搬迁户廖忠清家。几乎隔几天，我就来查看他家建房进度。他家是典型特困户，连两个孩子上学吃饭都成问题。我与村支两委协商，找了个能人为他代建新房，不放心质量，三两天就要来督看一下。

12：50，回到村办公室吃了一桶方便面。之后，组织村社干部，宣传相关扶贫政策，并介绍贫困户搞种植养殖业方面可获得的补助和申报条件，以及小额信贷、易地搬迁、雨露计划等。

14：00，县委苟书记不打招呼来到金土村，在冯金权的地坝里，我向她汇报了村里脱贫思路及问题，并全力争取道路硬化资金，得到了大力支持。虽然在前半年，我筹资210万元，硬化道路5公里、建成水利设施2.5公里、山坪塘4口，但还远远不够，我想让所有村道都得到硬化。临走，苟书记勉励我说："村里的狗不咬你，进村有人喊你，你就算扎下根了。"我心想，我和村里的狗都熟了，咋个能咬我呢？

16：00，几位村社干部自发到我办公室商量脱贫思路，大家都想种养致富，但没有带头人，群众又有顾虑。听了大家意见，我分享了"致富经"——发展高端水果。金土村属于"大土泥"，发展蜂糖李条件好得很，这个想法一说出，立马得到热烈响应。

17：00，四川省硕源农业公司罗总在我多次邀请下，终于来考察了，并和群众代表一起商量了细节。硕源公司免费向贫困户发放树苗，并提供技术。我又介绍村民到基地务工，并现场起草了劳务合同样本。

19：10，回宿舍煮了一碗面条，胡乱地吃了。我仔细阅读了近期扶贫文件，而后又打开互联网查阅了大量致富信息，得出一个结论，金土村要发展关键在于我这个"领头人"，金土村要脱贫关键在于激活党员的动力活力。

22：40，村里安静下来，蛙声一片。

回想到村里这些日子，有苦有乐。如今，群众把我当成了自家人，大事小事都来找我，能为他们做点事，我很满足。

明天继续战斗吧！

支部书记的一天

今天计划要到五组开展农民夜校活动，要通知五组组长去徐明家里打个招呼，借用他家桌椅和旁边坝子上课。这是今天的首要工作。

早上7点，随便吃了点儿早饭，来不及听爱人给我唠叨家事，骑上摩托车，匆匆往村里赶。刚到办公室，摩托还没停稳，就有几个村民围过来，有的打听粮食直补款咋还没到，有的喊我去看他田里的水稻咋个不对，还有的粗声粗气说想吃低保……虽然办公室就在十步之内，但等到解决完问题后，群众才让开一条路，让我进办公室。

处理完杂事，安排好工作后，10：30准时出发，看望生病卧床的帮扶对象罗安全。罗安全是一位老支书，因为疾病缠身已瘫痪在床10多年。我经常去他家，摆摆龙门阵，看看吃穿，帮忙做点家务，有时还送点油盐，希望能让这样的老同志感受到党组织的温暖，同时也向他多学学基层工作经验。

回到村上办公室已经是12：30，泡两包方便面当午饭，正打算休息，村民廖明珍打来电话，质问她家土地补偿的问题，我一听语气不对，马上带着几个村社干部往她家走。廖明珍因与丈夫感情不和，离婚多年并外出务工。听说老家在搞脱贫，她突然回家提出办理社保、修建房屋和土地补偿等要求，去的路上，我已拿定主意，这个问题必须召开全社群众会议妥善解决。但是群众意见大，会议进行到下午3点，才勉强形成初步意见。

下午5点，来到五组，组织夜校培训。尽管天气还是有些热，但为了不耽搁村民吃晚饭，通知村组干部分头打电话请群众参加夜校培训。我看到有几个老同志边听边点头，特别是平时喜欢扯歪理的都面带微笑，觉得这堂课效果还不错。

村民散去后，我又召集村支两委成员，继续研究几个"老大难"的问题：县上新一轮精准识别"回头查"过后，有2户被清退，有不满情绪；廖明珍的问题，群众意见也很大。经过商量，形成了初步方案，决定明天向乡里请示。

回到家已经是晚上9点，晚饭过后，刚要洗漱，电话铃声又响起了，我一看号码，"糟了，说定今晚9点去协调处理十一社的土地和社保安置问题"，于是马上往十一社赶，通过开群众院坝会，虽有激烈争吵，好在最后还是在我们耐心宣传解释和疏导下，达成了一致意见，再回家里已是半夜12点了。

妻子经常埋怨，甚至问我这样拼死拼活的，值不值得。我的回答是肯定的，习总书记说过，就是不能让党的干部总是很舒服，我们舒服了、惰性了，那很多老百姓的事就很难放在心上了。脱贫攻坚是辛苦，但正是因为有了现在的政策，我们才能为老百姓办更多实事好事。作为村支书，我不求发家致富、青史留名，只求问心无愧、领导认同、群众认可。

或许列位已经感觉到了，上述所录四个书记的一天，并没有具体到"某个人"，是哪个书记的一天？具体是哪一天？我也是带着这样的疑问去阅读的，直到到了渠县扶贫现场，方弄明白，这里所谓的四个书记，实际上代表县、乡、村"三个群体"的领导干部，他们每天的工作就是这样，基本上忠实地反映了他们平时的工作现状。

一个书记背后就是一个庞大的群体，从这个层面上看，也可算得上一个群体的日记。

县委书记、党委书记、第一书记、支部书记，四个层面的群体，构成了我国基层脱贫攻坚一个立体的领导集体和一线战斗堡垒。

这个群体中的每一员，都是不可或缺的一分子。

5. 尾声：满眼绿肥红瘦，一派生机盎然

中国的贫困就在于发展不平衡，一个不容更改的现实——中国是一个农业大国，农村人口占全国人口的70%。

千百年来中国现实一再告诉我们，中国的图画很大程度上是一幅农民

描绘农村的图画；而中国千百年来的历史，很大程度上就是一部农民的历史。

"农村稳，则社稷稳；农村固，则江山固；农村安，则民心安。"

《汉书·食货志》云："进业曰登，再登曰平，三登曰太平。"即五谷丰登。《白虎通·礼乐》云："天下太平，乃更制作焉。"《后汉书·谢夷吾传》云："臣闻尧登稷契，政隆太平。"即治平之象，政治修明。

历代王朝的兴衰都和农业、农村、农民问题有直接的关系。谁赢得农民谁就赢得中国，谁解决了土地问题谁就赢得了农民。这是马克思主义初来到中国的科学的结晶。

要弄清一个人的来历，需要详尽其家谱。同样，要弄清一座城市的来龙去脉，"志"是最好的切入口。

对渠县而言，我是陌生的，于是，我想到了渠县的县志。

《渠县志》载，战国时，由賨人在今土溪镇城坝村建立賨国都城。公元前316年，秦国统一蜀、巴和賨后，推行郡县制，置宕渠县。

公元前314年，建宕渠县，隶巴郡，治地賨城，辖今达州、巴中市所辖区域和营山、蓬安、广安、邻水、城口等县市区域，面积近5万平方公里。

宕渠从先秦建县起，历经835年，其中建郡300年左右，荒不成治和侨理他处地域各50年。

梁普通三年（公元522年），改宕渠县为流江县，同时置北宕渠郡，地域包括今渠县、大竹、邻水三县和蓬安、营山、平昌、达县各一部，面积约1万平方公里。

明洪武九年（公元1376年）撤渠州，改流江县为渠县，隶四川承宣布政使司顺庆府广安州，治地仍为流江故城（今渠江镇），县域面积2300平方公里。

郡县治，天下安。从远古而来走到今天，渠县的地盘越来越小，而人口却越来越多，生机也越来越旺。

自古，渠县就不甘平庸；至今，渠县也从未平庸过。宕渠，跌宕起伏的"宕",水到渠成的"渠"。

一个地方的识辨标志地块,曰地标。每座城市都有自己的地标。

汉阙无疑是古老渠县最醒目的文化地标。

全国仅存的 26 处汉阙中,渠县就有 6 处 7 尊。最早建于东汉安帝元年(公元 121 年)的冯焕阙,最晚建于西晋(公元 265 年—317 年)的赵家村东无铭阙,均成为我国现存地面上时代最早、保存最完整的遗存精品。1961 年,渠县汉阙中的冯焕阙、沈府君阙,与万里长城、故宫一起,被国务院公布为全国重点文物保护单位。

在渠县的短短几天,乘着习煦夜风,徜徉灯红酒绿,漫步渠县城内最大的文峰山公园,与众多居民一起,登临文峰塔,把玩文峰阁,置身其间,你会心旷神怡,宠辱皆忘。

满眼的绿肥红瘦,一派生机盎然。

今天的文峰塔、文峰阁,就似一处处汉阙,与渠县汉阙相映生辉,成为渠县耀眼的新地标。

视野所及,三桥、四桥、状元桥、腾龙大桥,桥桥连通幸福;眺望远方,文峰山、马鞍山、八濛山,山山护佑宕渠。

采访手记

因为工作关系,对扶贫攻坚、精准扶贫这些政治术语,我往往作为旁观者的眼光在看待。在渠县,短短几天的耳濡目染,我有一种强烈的感受,这里的扶贫不仅仅是政治工程,也不仅仅是作战任务,而是当成一项科学在研究,当成一种事业在追求,其间的系统思维、科学用力、精准高效,不由得让人不佩服。

个中的艰难,个中的困苦,个中的委屈;个中的使命感,个中的自豪感,个中的成就感,每一个人内心的感受都不一样。

无论是深谈还是浅聊,无论是饭桌上还是茶歇间,无论是闲谈还是忙里偷闲,每一个人身上和心里都有说不完讲不尽的扶贫故事,他们会不厌其烦地向你倾诉，会生动活泼地向你描述，会精彩纷呈地向你讲述自己所经历的酸甜苦辣。

在兹念兹，唯此为大。渠县150万人，无论是机关干部还是农村居民，每一个人都有一大堆关于"贫困"与"扶贫"的故事。

说硝烟弥漫，说殚精竭虑，说波澜壮阔，说彪炳千秋，都不为过。

渠县扶贫攻坚有如一顿饕餮大餐，短短几天跑马观花肯定吃不下，也消化不了。虽然采访了一群人，跑了一些点位，搜罗了一堆资料，但要全面勾勒出渠县的扶贫大戏，肯定还需更多的时日。可惜时间有限，我只能管中窥豹，用我的思维方式截取一些切面，有的甚至是只言片语式的，这样难免以偏概全，甚至囫囵吞枣。我知道，以这样的方式来阐述"宕渠模式"，肯定有很多局限，好在本书有其他篇什可以补位，想来留下的遗憾会少一些。

他用什么"感动中国"?

——记"感动中国"年度人物、全国脱贫攻坚贡献奖获得者张渠伟

章 泥 何 竞

全国脱贫攻坚贡献奖获得者张渠伟　图片来自网络

"您什么时候去治眼睛啊？"

2020 年 6 月，我在"中国汉阙之乡"四川省达州市渠县再度见到该县扶贫开发局的"半盲局长"张渠伟时，顾不得寒暄，开口就问到。

"快了，快了，渠县全县终于高质量脱贫摘帽了……"

"赶快去吧，您这眼病再也不要拖了。"

"很快就可以去了。"

早在殷商时期，古老賨人就在今天的渠县土溪镇城坝村建立了国都城，公元前 314 年设置宕渠县，明洪武九年（1376 年）定名渠县，相当长的历史时期，渠县是川东北政治、经济、文化中心。历史风涌云散，"賨都""宕渠"曾经的繁盛而今默然凝涩于出川古驿道旁的一座座峥嵘依旧的汉阙中。"阙"溯源于门，成对屹立于建筑群外，以表礼制、尊荣和威仪，作为弥足珍贵的中国古代建筑"活化石"，如今绝大多数已从地面泯失，我国仅存 29 处汉阙中，渠县有 6 处 7 尊。2009 年，渠县被中国文物学会正式命名为"中国汉阙之乡"，这是渠县继"中国竹编艺术之乡""中国黄花之乡"之后的又一张国家级"文化名片"。

汉阙嵯峨与云浮，而今，浸润 2000 多年风雨、蜚声海内外的渠县汉阙又见证着这片土地在新时期的新传奇——

位于"世界最美风景走廊"北纬 30 度的渠县，总人口 150 万，是四川人口大县，全域以农业人口为主，辖区内大部分山区乡镇贫困程度深重，贫困村基础设施建设滞后，山区产业发展难成规模，加上频发的旱涝灾害，众多农民生活贫困，绝对贫困人口数量一度居全省第二，全县贫困发生率高达 12.1%，以至"稀饭县"成为这方水土多年来挥之不去的无奈谑称。如何承继巴人坚韧骁勇、刚毅顽强的秉性，在脱贫攻坚战役中，坚决啃下渠县这块有名的"硬骨头"，是所有渠县人都面临的时代之考。

也许人们很难把一个千年古县鏖战贫困的时不待我与一个眼疾患者诊疗医治的刻不容缓，这两者都同时面临的紧迫性必然关联起来，但是当一个人在承担着前者责任与使命的同时，又遭受着后者的侵袭与折磨，这个人的生命历程就注定了必须面对一场艰难的取舍——同一个人生阶段，他有两个主战场：在脱贫攻坚史诗般壮伟的征战中，全县上下勠力同心，作为排头兵的他和一线同志长期并肩奋斗，为坚决打赢贫困歼灭战不胜不休；在个体生命与眼病疾患做斗争的战场上，他仍然是一个士兵，需要迎战几欲夺走他双目光明的病魔劲敌。一个人的时间和精力是有限的，在他必须做出抉择的时候，他全身心投入了那场更为宏阔的战斗，他说："这场战斗关乎更多人的美好明天，即使我倒下了，也要把贫困乡亲扶起来。"

2000 多个日日夜夜，扑在脱贫攻坚第一线的张渠伟忘却了周末和节假日，6 年来，他的足迹遍布全县 130 个贫困村，走访 3.6 万名贫困人口，行程达 6 万多公里，相当于绕地球一圈半，这一切的背后，是他忍着眼病和糖尿病的折磨，以"半盲"之身风里来雨里去的忘我付出，不惧山高路远，无畏艰难险阻。在脱贫攻坚这个没有硝烟的战场上，他始终践行着"扶贫路上，绝不落下一户一人"的铮铮誓言，在实干苦干中攻坚克难，在勇拼勇闯中探索创新，他和全县扶贫干部团结一心，切实将中央、省委、市委精准扶贫系列决策部署，细化具化为"铁军扶贫""扶贫车间""九比九看""六个一社会扶贫""农民夜校"等 10 多种扶贫模式，有效推动全县130 个贫困村退出、4.7 万余户 14.38 万人脱贫，相关工作得到习近平总书记和汪洋、赵乐际、王东明等中央领导的肯定性批示。

经过 6 年鏖战，2019 年 4 月，绝对贫困人口一度居于全省第二的渠县成功退出"省定贫困县"序列，其间，连续 4 年荣获"四川省脱贫攻坚先进县"称号，13 次接受国省"脱贫大考"，9 次代表四川接受国家级考核评估，26 次承办国省市现场会，53 次被中央电视台和《人民日报》等主流媒体宣传报道。

作为渠县扶贫开发局局长，张渠伟不仅仅是全县脱贫攻坚的统筹谋划者、具体推进者，更是这场战役中身先士卒的冲锋陷阵者。

扶贫必须精准，不落一人一户。病情迫在眉睫，却一拖再拖。扎下帐篷，扎下了根，签上名字，就立下了军令状。没有硝烟的战场，你负了伤，泥泞的大山，你走出了路。山上的果实熟了，人们的心热了。

　　这是在"感动中国 2018 年度人物"颁奖盛典上，组委会给予脱贫攻坚先锋张渠伟的颁奖词。当张渠伟的身影出现在庄重的颁奖台上时，从张渠伟温和斯文的外表很难想象他在脱贫攻坚这个没有硝烟的战场上勇拼勇撞的坚忍顽强，同时，也难以相信青光眼病情每况愈下的他为推动全县高质量脱贫摘帽，一而再，再而三地舍弃了关乎他自身光明与未来的另一个战场。因为双目视力不断下降，他看到的世界越来越模糊，然而"山上的果实熟了，人们的心热了"这触手可及的朴素而美好的现实却让他心底越来越亮堂。

　　观众热泪盈眶时，张渠伟平静地接受主持人白岩松的专访，渠江般坦荡地讲述在党组织的坚强领导下，全县扶贫干部历尽艰辛、不忘初心奋力带领村民脱贫攻坚的故事。那天，通过电视屏幕，我看到张渠伟温和面庞上沉重的镜片后，上下眼睑愈发瘀青的双眼，更加笃定地蕴含着一股沉毅的力量，他讲述的一言一语也更加从容并直抵人心。

责任——使命——情感

　　两年前，我和张渠伟有过一次印象深刻的会面。那是夏日的一个傍晚，我正在出差返回成都的路上，突然接到省作协的电话，要求协助渠县扶贫开发局局长张渠伟拟写一份宣讲稿，讲述绝对贫困人数居全省第二的渠县如何探索创新、精准施策、攻坚克难并取得显著成效的扶贫故事，争取入选全国脱贫攻坚先进典型事迹巡回报告。这份任务时间紧、责任重，关键还需张渠伟结合自身工作实际脱稿宣讲。如果对脱贫攻坚工作没有全身心投入，在短短一个星期内仅熟记和流畅背诵全稿，对于 50 多岁的张渠伟来说都是一个难题，更别说做到生动、富有感染力的讲述，特别是具体工作中那些挫折、突破口、成效、涉及的相关人物事件都需谙熟于心。我不禁为尚未谋面的张渠伟捏了一把汗，假如他平常的工作浮于表面，只靠眼下

　　／ 他用什么『感动中国』？／

"打急抓"，几乎不可能凭借 10 分钟不到的宣讲真正讲好基层脱贫攻坚故事；假如他确实在脱贫攻坚战役中实干苦干，但只是为了完成上级指令和相关任务，基于此的陈述也不可能从心灵上真正触动听众。

当天我到达成都是晚上 9 点之后，张渠伟发来消息说他已从渠县赶到省城，正在省作协门口。我们在华灯璀璨的街头匆匆碰面，随即来到办公室进行详细沟通、交流，话题一打开，我明显感觉到张渠伟对生于斯长于斯的这片土地爱得格外深沉。他说父亲当年为他取名"渠伟"，是因为他出生在渠县的渠江边，父亲希望他长大成人后做渠江河畔的硬汉子、伟丈夫，而张渠伟一直觉得自己是渠江儿女中平凡普通的一分子，他只希望自己的所有付出能真正对得起家乡的父老乡亲。

接下来，无论说起渠县的古老历史、红色基因、文化传承，甚至渠县的黄花，张渠伟的言辞间都溢满挚情。城坝遗址、中华汉阙、三汇彩亭、渠县文庙……宕渠大地上经久绵延的灿烂文明，张渠伟如数家珍。他说近代以来，这里还是烈士尽洒鲜血的红色土地，土地革命时期渠县是川陕省的一部分，1933 年 10 月建立了今达州辖区第一个县苏维埃政权，徐向前、李先念、许世友在这里指挥过有名的"营渠战役"……张渠伟说在他孩童时代，每当听到人们讲起渠县苏维埃的故事时，他常常为那些英勇奋战、为穷人打天下的英雄们感到骄傲。

也许因为定点帮扶渠县水口乡大田村的省作协是文化部门，张渠伟特别向我提到渠县也是作家王小波，诗人杨牧、周啸天的故乡，他说这里的文化传承是以文化人，以文润城。他特别感谢这些年来省作协充分发挥行业优势，大力助推渠县脱贫攻坚。

后来，说到渠县黄花，这集观赏、食用和医用为一身的著名三栖花卉是渠县的国家地理标志产品。这小小的素雅之花，在张渠伟心目中也显得分外娇艳。他说普通的黄花只有六根蕊，而渠县黄花却拥有七根蕊，所以渠县黄花向来有"黄花之后"的美誉。"渠县的山好水好啊。"张渠伟感慨着，不时用手推一推鼻梁上的眼镜，揉一揉泛青的双睑，神色间又透出深深的忧虑。他用低沉的声音说道："作为全省人口大县，渠县地处省内四大集中连片贫困区之一的秦巴山区，150多万人守着贫瘠的大山与丘陵，人多地少的矛盾十分突出，加之全县地处渠江流域核心区，是嘉陵江上游的'洪水走廊'，时常爆发特大洪涝灾害，老百姓常叹'十年九灾'……"

对于脱贫攻坚战役中这块不折不扣的"硬骨头"，身为扶贫干部，若没有一副"铁嘴铜牙"几乎不知从何下口。出人意料的是，神色温和、外表斯文的张渠伟似乎懂得软磨硬泡的以柔克刚，更懂得雷厉风行的当机立断，他就这样刚柔并济地在全县脱贫攻坚道路上风雨兼程。对这块难啃的"硬骨头"，他已摸清了症候，哪村有多少贫困户，基本情况怎样，适宜采取哪种方式脱贫，不同的贫困村适合种什么、养什么、做什么，他也一清二楚，各种数据甚至无须思索，随时信手拈来，他的脑子似乎就是渠县扶贫工作的活地图、资料库。不仅如此，他还以让人难以置信的韧劲儿对抗着这块"硬骨头"，他对同事们说："哪怕做蚂蚁，我们也要把这块'硬骨头'啃下来。"

就在那个晚上，我对渠县的脱贫攻坚工作有了比较全面的了解，并对这位历尽艰辛而不忘初心的"半盲局长"有了深刻印象——他不顾几近失明的"青光眼"，倔强而坚韧的忘我付出，隐隐触动了我。谈到数年如一日，长期奋斗在脱贫攻坚第一线的经历，张渠伟说到的这番话更叫人从心底为之一振——

"脱贫攻坚刚开始时我觉得是一项责任，帮扶一段时间后我觉得是一桩使命，如今我觉得是一份割舍不下的情感。"

责任——使命——情感，这三个词语也许是三个阶梯，更是三个层面，这当中包括了一个基层扶贫工作者六年来对脱贫攻坚付诸实践的具体回答，更饱含着张渠伟自己对这份时代考题的思想认识的逐渐升华。其实，当他说到"情感"这两个字时，我最初对他扶贫宣讲成败优劣的担忧已然打消。一举一措总关情，一言一语必动心，果然，带着这样一份沉甸甸的责任、路漫漫的使命、热滚滚的情感，后来远赴北京的张渠伟心贴心、实打实宣讲的渠县脱贫攻坚故事一次次触动了更多心灵。

2018 年 10 月 12 日，张渠伟在"2018 年全国脱贫攻坚先进事迹巡回主场报告"试讲成功。

2018 年 10 月 17 日，全国脱贫攻坚表彰大会暨首场脱贫攻坚先进事迹报告会在北京会议中心召开，国务院副总理、国务院扶贫开发领导小组组长胡春华，国务院扶贫开发领导小组副组长、国扶办主任刘永富等领导出席会议。张渠伟作为全国扶贫系统唯一一名基层干部在会上做先进事迹报告。

回想在北京的这一场场宣讲，张渠伟说当时他也有过紧张，特别在与一些级别比他高很多的领导、大学教授、企业家同台的时候，面对数十人的评委团，随时都有被淘汰的可能，但是一想到最基层扶贫干部实实在在的艰辛拼搏和忘我奋战，再想到他和家乡百姓在和贫困做斗争的艰难历程中结下的真情实感，他的内心又充满底气，通过他纯朴而接地气的讲述，大巴山一线扶贫干部真抓实干、苦拼硬磨的动人故事最终把评委和观众感动得热泪盈眶，连续 10 多天的选拔赛，他一直名列前茅，最后成功进入 6 人报告团向中央领导做首场报告，并参加全国巡回宣讲。

习近平总书记在决战决胜脱贫攻坚座谈会上指出，脱贫攻坚不仅要做得好，而且要讲得好。讲好脱贫攻坚故事，关乎凝心聚力齐奋斗，关乎决胜脱贫攻坚良好舆论氛围。实现同步小康任重道远，作为扶贫人，宣讲好扶贫政策是分内职责，张渠伟心贴心、实打实宣讲的渠县脱贫攻坚故事之所以打动人心、催人奋进并脱颖而出，关键在于全县干部群众和对口帮扶的省直各部门等多方面力量扭成一股绳，大家以滚石上山的毅力、探索实践的勇气、富于创新的作为、不胜不休的精神、亲民爱民的情怀，切实践行着"脱贫路上决不落下一户一人"的庄严责任，这当中包含了张渠伟和成千上万个张渠伟的故事。

贫寒少年的梦想

黑夜笼罩着静默无声的峰峦，微弱光亮从山洼里孤零零的土坯房残破窗口透出，一个满身伤痕的少年睁开双眼，看着陌生的屋子一时不知身在何处。

"娃，你好歹醒了，都晕迷两个多时辰了。你家住哪里？父母叫什么？怎么会摔下山崖？"

一位和善的大爷轻声询问少年，全身隐隐作痛的少年终于想起了怎么回事。

少年住在邻村，家里兄弟姐妹多，生活过得又穷又苦，全家平日都是以胡豆叶、糠粑粑糊口，还常常吃了上顿没下顿。这天他走了20多公里山路去姨妈家借红苕，好心的姨妈对他说："二娃，你有多大力气就背多少红苕啊！"他装了满满一背篓带泥的红苕，心想这几天总算可以填饱肚子了。可是在回家路上一不小心连人带篓全部摔下山崖。

听了少年的讲述，大爷啥也没说，把自家红苕重新装了一背篓："走，我送你回去。"

到了少年家，大爷万万没想到的是，就是在这样贫穷困苦、自顾不暇的情况下，少年家还赡养了村里的两位老人：张兴才和王光碧。这两位老人无儿无女，年事已高，已经完全没有劳动能力，生活更无来源，少年的父母将他们接到家里共同生活，还打算给二老养老送终……

这个少年就是40多年前的张渠伟。从小的他，一直梦想着要吃饱、穿暖、摆脱贫困。他对贫困有着难以磨灭的真切体会，对亲人、邻里之间的相互帮扶也有着刻骨铭心的温暖记忆。贫困在少年张渠伟内心打下深深烙印的同时，扶贫救困成了他一生的夙愿。

高中毕业后，张渠伟成为乡村电影放映员，这一放就是五年。五年多的青春时光，他和伙伴们每天跋山涉水，足迹遍及乡村的每一个角落。张渠伟目睹了很多贫困的真实写照：村子里破败的房屋总在风雨中飘摇；身患重病的老人常常在无望中独自流泪；孩子们上学的那条烂泥路，一到下雨天就冒出无数大坑小洼，他们都只能光着脚板走过……那时的他唯愿自己放的每一场电影能给乡亲们带去一丝欢乐。

后来，张渠伟又当了 9 年乡财税干部、9 年乡长、3 年乡党委书记，还在县畜牧食品局工作过 5 年。1998 年 10 月，张渠伟时任蔡和乡乡长，蔡和乡是渠县最偏远闭塞的乡镇，山高沟深路不通，为方便老百姓出行，他不厌其烦地跑了无数个部门、找了很多爱心人士，要项目筹资金，终于把连接断头路的两座桥修建通，极大方便了群众的生产生活；2004 年，张渠伟初到三板乡，又组织群众修通了全乡村道；2009 年到畜牧局工作后，张渠伟多次赴华西集团衔接沟通，成功引进华西希望落户渠县，创办了德康养殖公司及 75 个德康生猪养殖农场，为渠县赢得了"全国生猪调出大县""首批四川省现代畜牧业重点县"国省招牌；2010 年 9 月 18 日，一场百年不遇的特大洪灾突袭渠县，张渠伟带领畜牧局全体干部职工日夜战斗在抗洪抢险、生产自救的第一线，并迅速组织募捐活动，帮助受灾群众重建家园……

2014 年，张渠伟新任渠县扶贫和移民工作局局长，正值全国各地深入推进脱贫攻坚的关键时期。张渠伟把全部心思放在了扶贫事业上，他要实现从小立下的"帮助所有贫苦父老乡亲都过上好日子"的志向。就这样，一个穷孩子渴望改变家乡贫困面貌的梦想，40 多年后，在新时代与共产党人的庄严承诺紧密联系在了一起。当他再次走向贫困乡村和田间地头的时候，他分明感受到，自己一直深藏于心的梦想不再像儿时那般渺茫，因为此时在他身后正涌动着波澜壮阔、众志成城的巨大力量。

把心贴在贫瘠土地上的"帐篷局长"

2014 年，走马上任的张渠伟立了下让全县 130 个贫困村、143802 名贫困人口脱贫的军令状。

他一面实地调研，一面和村里的干部、村民共商脱贫之计。全县的贫困状况都在他的心里装着，随着对贫困山村走访调研的深入，张渠伟越来越清醒地意识到：走进村民家中容易，走进村民心中不易。很多干部认为一些村民胡搅蛮缠不好打交道，其实往往是自身工作没有做到位，缺乏耐心，寒了村民的心。对于村民反映的问题，张渠伟总是耐心倾听，政策允许的想办法尽快解决，违背政策的耐心解释。精准识别，易地搬迁，土地流转……脱贫攻坚进程的每一个环节都需稳打稳扎，困难越多，阻力越大，张渠伟越是冷静而理智。张渠伟有一个最行之有效的办法就是真心实意把贫困村民当亲人，他说一旦采取换位思维，设身处地为贫困户着想，问题就容易沟通和解决得多。所以，每到一个乡村，他都会大声问道："哪里有最难解决的事？"问题一牵出来，他又用沉稳的声音说道："让我去试试。"

常年走村入户，很多贫困户都认识他，特别是在最偏远闭塞的穷乡僻壤，村民们与他更热络。大家都知道这个新上任的扶贫局长每次下乡，车里总是放着帐篷、雨衣、水鞋、手电筒这四件宝，有时他会连续几晚上住在帐篷里，"帐篷局长"的称呼就这样悄然传开。无论山再高，水再远，"帐篷局长"都要把党的扶贫政策落实到每一村每一户。

跋山涉水挨家挨户走访调研，张渠伟常常披星戴月。同事们都说睡帐篷太艰苦，但是枕着乡间的泥土，听着村野的蛙鸣，这些日子让张渠伟与一个个村子、一户户村民挨得更近。把心贴在田间地头，他似乎能感受到土地的脉搏，也能更清晰地听到贫困村民的心声。他努力向下沉潜，就是要了解全县每个贫困村最真实的状况。

"情系农村，心系农民，既要为政府分忧，又要为百姓解愁。"张渠伟是这么说的，也是这么做的。

地处大山深处的小寨村，以前穷得连一条像样的泥碎路都没有，别说发展生产，就连维持正常生活都很艰难。张渠伟上任后多次来村里实地调研，听取村民们的意见，和他们一起寻找脱贫门路。在他的竭力助推下，60多公里的村道全部硬化，全村70多户村民住进了移民避险解困集中安置点。回想这位"帐篷局长"第一次来村时，村民龚先文和司机蒋小建至今仍感到后怕。那是2017年夏天，张渠伟带着项目组到小寨村做规划，下山时汽车突然失控，直向山崖冲去，为避免掉入山崖，情急之下，司机只得急打方向盘撞向一旁的石壁。司机说："要是掉进山崖，肯定车毁人亡。"车上的人都不同程度受伤，大家还没有缓过神来，简单包扎后的张渠伟又

他用什么「感动中国」？

立即回到工作岗位，帮助小寨村完成村道和移民避险解困集中安置点规划。

水口镇大田村村民李云，一家六口没有固定收入，沉重的生活压力使得他焦躁不安。一次入户调研，张渠伟被他缠住，陪同的干部一脸尴尬。"不要急，让他把想说的话都敞开了说出来。"张渠伟一边听他们一家倒苦水，一边仔细做记录。午饭时间到了，李云留他在家里吃饭："家里吃得孬，要是不嫌弃，将就填填肚子。"正准备离开的张渠伟听他这样一说，一下回过身："好，今天，我们就和你们全家同吃一锅饭。"

张渠伟走进昏暗的厨房，来到粗糙的灶台边和水缸前，又帮着生火又帮着淘米洗菜，李云没想到这个局长不但不像有的干部对自己家简陋的生活唯恐避之不及，还对农家的一日三餐这么熟稔，简单的粗茶淡饭弄好后，大家围桌闲聊，一阵阵爽朗的笑声中，干群之间的隔阂悄然消融。

这一顿农家饭，改变了李云一家多年来对干部的成见，同时也让张渠伟对李云家的困难了解得更细致入微。后来，张渠伟对症下药，为帮助李云家彻底拔掉穷根，有针对性地精准施策：联系村里的木材加工厂，解决就业增收门路；帮助实施易地扶贫搬迁，新建125平方米新房；联系农民夜校教师，一对一上门传授种植养殖技术……2016年底，李云家人均收入达到4000多元，顺利脱贫。

张渠伟对工作的激情、对群众的真情使他赢得了赞誉，也感染了身边的许多同事，"帐篷局长"带出了"帐篷兵"。局里的年轻干部吴靖，也把"家"搬到了村里，他说，佩服局长的干劲，他都带着帐篷在扶贫一线，自己怎能迷恋"温柔之乡"？张渠伟笑着说："以前的群众烦干部上门，是因为大家没有心贴着心，现在的群众想干部、盼干部上门，是因为群众相信我们能做他们的贴心人。"

铁军扶贫——"星星之火，可以燎原"

贫困群众短期脱贫容易，长期稳定致富难度大，这个问题在渠县也很突出。大家都清楚产业扶贫是稳定脱贫的根本之策，但渠县的贫困村基础条件普遍很差，外地企业不想进驻，本地企业也不愿投资。怎么才能突破现状，张渠伟反复琢磨，萌生了"引老乡、建家乡、助脱贫"的想法。他首先想到的是退役军人，退役军人在部队经受过严格的训练，政治素质强，思想作风过硬，有一定的技术本领，而且他们大多走出过深山，见过世面，头脑灵活，大局观比较强。他得知渠县籍退役军人王超的企业在福建发展得很好，但对县里希望他返乡创业、助力脱贫的邀请兴趣不大，于是，张渠伟三赴福建，当面做他的工作。

初次见面，王超绝口不提返乡投资的事情。张渠伟不甘心，又请了王超父亲一道去劝说。后来，张渠伟听说自己80多岁的父亲与王超父辈以前打过一些交道，张渠伟立即回家请父亲出马，父亲说："我一辈子没求过人，这次我就听你的嘛。"当张渠伟搀扶着老父亲一起去动员王超时，王超说："张局长，你别说了，我跟你走！"张渠伟一心一意为了家乡发展的执拗劲儿打动了王超，他终于下定决心回家乡创业，将产业项目落户渠县。

好事多磨，起初土地流转并不顺利。2016年大年三十那天，张渠伟正准备从村里回到久违的家，王超突然打来电话，说是产业基地有纠纷。张渠伟转身又赶赴现场调解矛盾、说服群众，等事态平息已是大年初一的凌晨。当张渠伟拖着疲惫的身躯回到家，推开门，发现家人都已经睡去，客厅里等待阖家团圆的年夜饭原封未动。这是全家老小期待已久的一夜，红红火火的春联、窗花此刻呈现出的冷寂，让他的内心一下涌出堆积太多的愧疚。

后来，王超的土地流转问题圆满解决。在张渠伟的积极动员下，王超先后在中滩、水口、丰乐、卷硐等乡镇建起了4个老兵创业扶贫基地，吸纳29名退役军人，成立了"老兵创业扶贫之家"和"渠县退役军人综合党委汉亭农业联合支部"。经过努力发展，汉亭农业已种植清香核桃、胭脂桃、茵红李、贵妃枣、猕猴桃、大棚避雨葡萄及沃柑等十几个品种的四季果树1.5万余亩，全部采用现代生物高端技术管理生产，配套餐饮、星级酒店、儿童游乐场、会议接待等多功能服务于一体的市级示范农业休闲园，赏桃花、摘葡萄、品沃柑等旅游项目逐渐发展起来，带动农户 3000 余户（其中贫困 312 户 806 人），人均增收 1600 元以上。

渠县是兵员大县，各条战线退役军人近 15 万人，如果能为退役军人提供新的"战场"，挑选精兵强将派驻贫困村，让他们在脱贫攻坚中去闯关夺隘，既能"打硬仗"，又能"保稳定"，更可以惠及一方百姓。于是张渠伟积极向县委建言，县委随即建立退役军人第一书记储备库，择优选派了 186 名退役军人担任第一书记，在全国率先组建了第一支由退役军人集结而成的"扶贫铁军"，到脱贫任务最重、基础最差、难度最大的建档立卡贫困村担任第一书记。果然，渠县"党建引领""铁军扶贫"成效显著，这一创新做法得到了习近平总书记的肯定性批示！星星之火，可以燎原，这件事的乘方效应极大地启发了全国各地的扶贫部门，同时也积极鼓舞了广大退役军人，大家更清楚地意识到好钢要用在刀刃上。

2019 年 6 月，省作协邀请大田村部分党员干部赴浙江大学培训学习

图片由大田村提供

为让退役军人更好地"打硬仗"，张渠伟积极制定管理办法，明确退役军人履职"十项重点"，制定"四级考评体系"，推动"五类痕迹管理"。实践证明，这支"扶贫铁军"充分发挥了"敢于冲锋、敢打硬仗、能打胜

仗”的优良传统。退役军人成了渠县村民脱贫致富奔小康的领头羊，挑起了渠县脱贫致富的大梁，成为活跃在决胜脱贫攻坚最前沿的“红色尖兵”。涌现了“把生命献给燕山父老”的杨东被省委命名为“优秀第一书记”的黄小军、廖洋、刘锐等先进群体，《人民日报》评价他们是“延续了退伍不褪色的红色基因”，中央电视台《新闻联播》头条予以播报。黄小军还在 2018 年 1 月当选为全国人大代表，把渠县“铁军扶贫”的做法和经验带进了全国两会，“铁军扶贫”的成功经验传遍全国。

易地搬迁——沧桑老家的蝶变

在各级组织的共同努力和社会多方面力量的积极帮扶下，越来越多的贫困乡亲满怀信心迎难而上，渠县贫困村的整体面貌一天天发生着可喜变化。但是那些散落在大山深处难蔽风雨的“穿斗房”“独庙房”“危房”……却总是浮现在张渠伟眼前，常常叫他夜不能寐。怎么用上党的好政策，让贫困乡亲在易地搬迁中移居到安全稳妥的环境，成了他绞尽脑汁、深入思考的又一个重大问题。张渠伟十分清楚易地搬迁绝不是简单地一搬了之，必须实打实地解除群众的疑虑和后顾之忧。为此，他多次与县以工代赈办的领导和同志一起探索，反反复复寻求易地搬迁的最佳模式。

在易地搬迁集中安置点选址上，张渠伟坚持“三避五靠”原则，即避开洪水淹没区、地质灾害区和生态脆弱区，靠近园区、城区、景区、产业区和社区，远离自然灾害的威胁，把新居建到交通便利、产业集中的地方，同时还要做到灵活多样，宜聚则聚、宜散则散，集中安置与分散安置相结合。

怎样才能确保贫困群众搬得出、稳得住、能脱贫、可致富？张渠伟和各贫困村的群众一而再，再而三地交流、沟通，充分尊重搬迁群众的意愿。以前贫困户大多住在半山腰，山路崎岖，吃水靠挑，电压不稳，生活极不方便，现在必须同步规划、同步推进住房建设、基础设施、公共服务。他说，安家置业是每个人一生中的大事，现在这么多乡亲的安置，更是重中之重的大事，千万不能有半点马虎。全县 130 个贫困村，每个村的具体情况都要具体分析，水、电、气、网络这些基础设施一定要全面配套；柏油路要通到村里；农村公交要开到镇上；村卫生室要让贫困群众享受安全、便捷、经济的医疗卫生服务；村文化室要成为当地村民的"精神家园"……乡亲们说他像婆婆似的想得多，又像大嫂似的管得细，听到这样的调侃，张渠伟的心里反倒踏实些。功夫不负有心人，由于论证充分、选址科学、设计合理，全县选择在交通便捷、居住环境优、产业基础好的地方安置贫困群众，确保了搬迁一户、稳定一户。

大田村新硬化的村道　图片由大田村提供

走进渠县渠南乡大山村易地扶贫搬迁安置点，蓝天白云下，生活广场上鲜艳的五星红旗分外耀眼。一排排白墙黛瓦的"徽式"风格新居错落有致，房前屋后的微田园生机盎然。大山村易地扶贫搬迁安置点不仅有一栋栋漂亮的农家新居，更是一个配套齐全、生活舒适、村容整洁、村风文明的现代新村。在党群服务中心咨询办事；在农民夜校学习农业技术；在卫生医务室诊治小病小痛，疑难杂症还可以进行远程求医、视频问诊。作为样板，渠县渠南乡大山村成为 2017 年"全国易地扶贫搬迁现场会"现场点，时任国务院副总理的汪洋同志实地视察后给予了充分肯定。

十九大召开当天，四川省作家协会主席阿来带领全省"万千百十"文化扶贫创作人员来到这里，在搬入新居的村民家中和乡亲们一起收看十九大开幕式。大家感叹：贫困人口今非昔比的生存状况、各级扶贫干部艰苦细致的"绣花功夫"、社会各方面力量的真情投入、贫困村民的自强不息为作家们的文学构思提供了艺术灵感，并为作家们创作以脱贫攻坚为背景的现实主义文学作品积累了宝贵经验和素材。阿来主席告诫作家们：真实反映脱贫攻坚这个伟大历程，需要把一些驾轻就熟的东西放下，本着现实主义的精神，客观地打量，深入地体察……

那天，我也在阿来主席率领的作家队伍中，我发现这里的路灯用的全是太阳能，所有垃圾桶都是分类的，场坝里设有健身器材……我还记得，我去到的那一家农户住的是上下两层的新居，房前屋后收拾得干净利落，绽放着笑靥的女主人不知怎么用言语表达心底的喜悦，执意要为客人们剥一个大柚子，她一瓣一瓣地分给我们，一个劲儿地夸这地方山好水好柚子甜。

后来，我创作了一部以儿童视角反映脱贫攻坚的长篇小说《迎风山上的告别》，这部长篇小说是中国作家协会重点扶持项目，全文首发于《中国作家》2018 年第 7 期，2019 年获得四川省精神文明建设"五个一工程奖"。作品中小主人翁在某天傍晚回到易地搬迁的新家，书中的场景就是以渠县渠南乡大山村集中安置点为原型——

前面那一片排列得齐整整的灰瓦白墙的房屋都是新崭崭的模样，深灰色的墙裙和浅灰色的屋顶呼应着，暗红的涂料勾勒着屋檐、画梁、窗框，看上去这些房子都俊眉俊眼。纵横的水泥路间隔着它们，又连贯着它们，各家各户屋前统一样式、高矮的篱笆围起的菜畦，小花园似的栽种着一些时蔬。平坦、整洁的水泥地面上，每座房屋在各自的独立中不觉孤零，所有房屋在整体的联系中不失静宜。路灯安详地看护着这片新生的群落，房前屋后的树木还没有长高长大，它们就像我的梦一样，还在夜的深处抽枝吐蕊……

扶贫车间——"两栖农民"的新天地

房子建好了，各村仍旧突出的"三留守"问题又成了张渠伟的心头痛。为了养家，村子里的青壮年大都选择外出务工，留守在家里的老人、妇女和孩子们落寞的神色总让人觉得家的不完整。仅仅有了房子还算不得一个真正意义上的家，在张渠伟朴素的观念中，家是夫妻和睦、老小安康，家是朝夕相处、不离不弃，于是他在"产业围绕房子建"工作思路的基础上突然大胆萌生了兴建"乡村车间"的思路。

张渠伟找到县工业园区"邦基服饰"的老总邵明珠、廖大英，鼓励他们把自己的车间办到贫困村去，这样既可利用农村闲置资产、解决用工难题，又为农民提供就业，更便于贫困户照顾家庭。邵明珠、廖大英半信半疑地看着张渠伟，并不能完全接受他的提议。"要不先做一个试点？"在张渠伟的反复动员下，邦基服饰率先在新糖村试点，先统一免费培训贫困户上岗，结果试点取得了良好反响。邵明珠、廖大英也非常欣喜，自己的企业在获得经济效益的同时回馈乡村、回报社会，一直以来也是他们的期盼。后来全县工业园区有十余家企业先后走上"乡村车间"之路，实现了"工厂进农村、就业在家门、工农两不误"，这个做法多次被《人民日报》《四川日报》宣传推介。2019 年底，渠县 130 个贫困村实现"乡村车间"全覆盖，看着一家又一家贫困户确实因此摆脱贫困，同时收获家庭的稳定与和谐，真正实现安居乐业，张渠伟忽然觉得自己所有的辛劳都不值一提。

按照"环保工厂进农村、生态车间到家门"思路，张渠伟又引导乐仕达电子等生态环保产业，在万寿乡天马、板桥乡新糖等村社建立"扶贫车间" 27 个，为贫困群众量身设计了一些技术含量不高、容易灵活上手的工种，主要从事服饰半成品加工、电子器件组装，环保无污染，"乡村扶贫车间"切实走上一条企地结合、互惠发展的新路子，目前已提供就业岗位5000个，让留守村民转变成了务农做工两不误的"两栖农民"。这些返乡农民工、留守妇女农闲当工人，农忙当农民，人均月收入2000至4000元，手脚麻利的能挣到五六千元。万寿镇扶贫办主任周晓鸣说："今年新冠肺炎期间，'梦羽飞腾扶贫车间'转产口罩，动作快的村民一个月挣了7000多元。"

在这些产业中，业主还向贫困户开发了公益性岗位。"我们将车间引进农村，贫困居民现在搬到这来，可以在附近的碧瑶庄园、硕源农业公司、邦基服饰务工，这几个公司的岗位需求量大概在500个。在邦基服饰务工的农民，县就业局还会免费为他们提供岗前培训，每天还有15元的生活交通补助。"据新糖村第一书记廖洋介绍，全村一多半的人都在碧瑶庄园和硕源水果基地就近就业。

如今的渠县，"农忙务农、农闲务工"已成为农民新的生活常态，农民变成了产业工人，务工、顾家两不误。渠县依托"万企帮万村""一企带百户"活动，变"输血"式扶贫为"造血"式扶贫，进一步打牢脱贫基础。对此，产业主也非常满意，农民的房子挨着他们的产业园区，请工人方便多了，大部分劳动力都能够就地解决。

这些年，每当张渠伟看到一户户贫困群众安居乐业时，都会感到由衷的欣慰，然而在自己家中，他却成了最不称职的一名家庭成员。老父亲的生日无法参加，儿子的婚礼居然也缺席……

张渠伟成天奔走在乡村，妻子对一两个月都见不到人影的他越来越不满，她不止一次地质问张渠伟："你一天到晚在忙些什么？你到底还要不要我们自己这个家？"面对妻子的疑虑，张渠伟不知道怎样回答："这样，你和我一起下乡去看看，你就知道我究竟忙些什么了。"

以后每到周末和节假日，张渠伟便带着妻子一起下乡。张渠伟带着她走进自己结对帮扶的贫困亲戚家中，妻子一下真实了解到他日常面对的工作群体。人心都是肉长的，妻子在协助张渠伟一起照料贫困亲戚的过程中，也渐渐对张渠伟结对帮扶的贫困亲戚生出了感情。

几年前，张渠伟在走访调查中遇到一个极其困难的家庭：父亲因严重的腰椎间盘突出干不了重活，母亲谭其辉患有精神病，多年不言不语，没有劳动能力，家里有三个孩子，两个女孩一个男孩，大的 15 岁，小的 10 岁左右，都正在念书，全家就靠 70 多岁的奶奶一人操持。他们家先前住的房子是石头垒的，风来漏风，雨来漏雨，一家六口日子何其艰难，张渠伟当即决定由自己结对帮扶这个家庭。2016 年的一个周末，他带着妻子去看望谭其辉一家。一进门，只见三个孩子穿着破旧的衣服，趴在破烂的桌子上写作业，脚边是几摊雨后的积水。见了来人，孩子们都很懂事地问好。这次探访极大地触动了身为教师的妻子，她对张渠伟说："孩子太可怜了！我也是当妈的，见不得孩子受罪，以后我和你一起帮助他们。"

从那以后，张渠伟夫妇就把这三个孩子当成了自己的儿女，逢年过节，他们都会装好红包、买好衣服，给孩子们送去。有时候，在渠县二中读高中的谭其辉的两个女儿周末会到家里来吃饭。三个孩子乖巧懂事，学习努力，他们把张渠伟的家当成了自己的家，把张渠伟夫妇当成了自己的亲人，有什么心里话都愿意跟他们说。2016 年张渠伟帮助谭其辉申请了易地搬迁，2017 年他们一家人住进了新房。2018 年 8 月，张渠伟和妻子再一次去看望他们，当他和妻子又帮他家把饭菜做好，把衣服洗干净挂起来，十多年来从没有开过口的谭其辉突然张口对张渠伟结结巴巴地说了一句："谢谢！谢谢你们！"在场的人几乎不敢相信，村民们都说这简直是个奇迹，是张局长一家的爱让这个多年不开口的人说了话。谭其辉虽然口齿不清，但她真的开口说话了，张渠伟当时非常激动，喜出望外的妻子对张渠伟说："就是一块石头，也会被你抱软。"

2019 年 8 月，谭其辉大女儿被西南财经大学天府学院录取，学费 1.7 万元，张渠伟东奔西走为她筹措学费 1 万多元，同时决定在她大学期间每月资助一定数额的生活费用。2020 年，谭其辉的二女儿也考上了大学，为保证她们顺利完成学业，张渠伟对她们的资助将付出更多，但他说，这是好事，他所有的付出都是值得的，因为孩子们接受更多教育，才能真正阻断贫困代际传递。

在张渠伟的带动下，全县后来有 2 万余名公职人员主动与贫困户"结对认亲"。后来，为发挥大数据效益，全县有序推广"中国社会扶贫网"，全县爱心人士踊跃注册，对接成功率 56%，及时、有效解决了一些特困乡亲的实际困难。

农民夜校——乡村大地上的一盏明灯

"张渠伟是渠县脱贫攻坚的智多星，他既是县委、县政府脱贫攻坚决策的参谋长，又是奋战在一线的实干家。"时任渠县县委书记苟小莉的一席话是对张渠伟的精准评价，而"点子公司"则是群众继"帐篷局长"之后赠送给他的又一个绰号。因为不管多难做的工作，他总是能够想出办法。

脱贫攻坚没有现成的路子可走，也没有既定的方子抓药，需要帮扶干部在帮扶过程中，一步一个脚印摸索新路子、探索新方法、制定新举措，才能取得新实效。为了把准致贫原因、理顺脱贫思路、找到致富办法，做到有的放矢、精准施治，张渠伟身上随时揣个小本子，到基层寻答案、下农村找方法，与干部谈，向群众问，一有"金点子"就马上记下。近年来先后形成的"七大攻坚战役""九比九看问效""五个三原则模式""六个精准""五个一驻村帮扶""双 321 工作机制""六个一爱心扶贫活动"等行之有效的扶贫工作办法，都是张渠伟和他的同事们在工作实践中摸索、总结、归纳的，这些符合渠县县情的扶贫方案，上报县委研究后在全县得以推广。

张渠伟在全国最早提出开办"农民夜校"助推脱贫攻坚，采取积分兑奖的方式，发挥夜校平台作用，灵活多样地宣讲扶贫政策、开展有奖问答、培训种养技术、讲述脱贫故事、评选孝善家庭，激发群众内生动力。无论是到党校培训还是夜校授课，无论是在广场宣讲还是院坝大会，张渠伟总是干群点将、点单、点赞最多的一位，堪称渠县脱贫攻坚工作的"星级教员"。写笔记、备课件，挑灯夜战、苦学苦研……工作之余，这些都成了张渠伟的常态。

"白天当局长，晚上当教员。他定期组织业务知识闭卷考试，亲自批阅点评。"渠县扶贫移民局办公室主任彭丽介绍说，善于挤时间的张局长先后编印"应知应会手册""政策指南""知识问答"等各类资料，制作修订课件20件次，通过课堂、讲座和会议等方式轮训党员干部11万余人次，有效提升了全县干群政策知识掌握率。

张渠伟的心思全都用在了渠县的扶贫事业上，几年来，他撰写理论文章、政策解答和宣讲课件10余万字，经过充分调研还推出了攻坚督战队暗访、专题片曝光亮丑、驻村纪检员和义务监督员双推监督等举措，同时借助"农民夜校"开办电商培训课堂，全覆盖发展农村电商。后来整合资金4300万元，建成县乡村三级电商服务网络点228个，推行"电商+龙头企业+产业基地""电商+村党支部+贫困户"模式，坚持"市场化运作、点对点帮扶"，孵化网商创业致富，带动农民就业脱贫。

千家万户一"线"牵。全县每年线上销售农特产品达5亿元，上千贫困人群因电商而实现创业就业，上万贫困人群因电商得到实惠，近20家企业、专合社通过电商带动农民收入增长。2016年4月，全省电商精准扶贫工作推进及培训会在渠县召开；渠县经验在全省推广，还被四川省作为向中央汇报的两个"点上经验"之一。

2000多个日日夜夜，张渠伟六年如一日奋战在脱贫攻坚第一线，这一切的背后，是他忍着眼病的痛苦折磨以半盲之身坚守足下的土地，以赤子之心不辱使命的忘我付出。脱贫攻坚工作千头万绪，任务紧急繁重又必须有条不紊地扎实推进，张渠伟和身边众多扶贫干部一样，正竭尽全力啃着全县精准扶贫的一块又一块的硬骨头，可为啃下脱贫攻坚的"硬骨头"，张渠伟自己这把"骨头"却出现了"故障"。在2000多个日日夜夜里，他没有休过一个节假日。由于长年超负荷工作，他患上了少见的耳石症，常常头晕、耳鸣，几次晕倒在工作岗位上。更为残酷的是，2017年底，他的右眼视力降到0.4，左眼仅有0.06，被诊断为青光眼。医生告诫他必须马上手术，否则就会失明。得知这一结果，他彻夜难眠。可如果马上手术，一大堆工作怎么办？全县脱贫摘帽的目标怎么实现？无奈之下，医生几次安排住院，其中有三次他都拔掉"输液管"偷偷跑出院返回工作岗位。

"咋这么不爱惜自己的眼睛？再拖下去就会面临失明的危险。"医生严肃责备。一方面是全县的脱贫攻坚，一方面是自身的眼病，两者都时不我待。经过激烈的思想斗争，张渠伟决定先用药水养护，等整县摘帽后再做手术。他常常带着几个月的用药回到脱贫攻坚的岗位。"一手拿眼药水，一手抓工作"，一晃到了该复查的日子，但工作一桩接一桩，实在走不开，他又只能电话联系医院，让医生根据口述的症状帮忙寄回一批药来。

可是，药水对眼睛养护效果并不理想，短短几个月，他双眼视力又分别下降到了 0.2 和 0.04。一天，从医院溜出来的张渠伟竟然不知不觉地走在了平常从来没有在意过的盲道上，他轻轻闭上眼睛，眼前早已不完全清晰的光明一下消失了，黑暗中，他慢慢用双脚在盲道上蹭着往前走，试着感受当真失明的情形。一不小心，撞上了什么，原来是个年轻姑娘。

"你瞎子啊？"姑娘这一骂，对张渠伟真是当头棒喝！瞎子？一旦失明，这不就他的真实状况吗？

就在这时，张渠伟的手机响了。话筒另一端传来更严厉的斥责声："你怎么又跑了？你这样做对自己太不负责任了！"

原来是医院的眼科医生在狠狠地责备从医院偷偷溜走的张渠伟。那天，挨了两番骂的张渠伟心情特别复杂，谁不害怕失明？谁不恐惧黑暗？他也想保住他的眼睛啊！可是这些年，对于脱贫攻坚和眼病医治，他没法做到两者兼顾，而今让他欣慰的是，与他不断递增的镜片度数相反的是另一个盘踞在他心头的数字在逐渐地明显递减。

2014 年，渠县精准识别贫困村 130 个，建档立卡贫困户 47065 户143802 人，贫困发生率 12.1%。经过 5 年多来的鏖战，渠县累计减贫142421 人、退出贫困村 130 个、易地搬迁 35295 人。而今全县只剩下贫困户 2 户 6 人，张渠伟说，他和全县扶贫干部的目标是把这个越来越小的数彻底清零。

"人们的心热了"

我再度见到张渠伟时，他已先后获得"全国脱贫攻坚贡献奖""感动中国年度人物""全国人民满意的公务员""中国好人"等荣誉。他说在扶贫征程上，他的所有付出和努力都只是一个基层扶贫干部应尽的义务。党和人民给了他太多褒奖，其实在脱贫攻坚这个没有硝烟的战场上，并不是他一个人在战斗，仅仅渠县就有成千上万的党员、干部、群众并肩拼搏，还有更多的第一书记、退役军人、村组干部、机关同志、企业人士、社会贤达参与其中，这是一场浩大的宏伟实践。脱贫攻坚工作开展以来，渠县始终把脱贫攻坚作为最大的政治责任、最大的民生工程、最大的发展机遇，下绣花功夫全力打赢脱贫攻坚战，全县上下有很多像他一样"朝受命、夕饮冰，昼无为、夜难寐"的基层扶贫干部也拼尽了个人的"洪荒之力"。

张渠伟一再要求我多写写他们，他说因为朝夕相处，他对他们的了解最多，也因为工作繁重任务艰巨，他对他们关心不够，愧疚也最多——

包山村是渠县望溪镇最偏远的地方之一，从县农业局下派到望溪农技站的欧平全主动要求联系该村的扶贫工作，并兼任村党支部书记，他到任后马不停蹄地拉捐助、修公路、兴产业，没多久，他人晒黑了，脸变瘦了，头发花白了，但全村的基础设施和富民产业焕然一新，包山村彻底甩掉了贫困的帽子。然而有谁知道他心中藏着多么巨大的痛！就在他整天忙于修路的时候，他17岁的儿子病倒了。接到儿子的电话时，他安慰道："爸爸很忙，你先吃点感冒药，过几天就好了。"10多天过去，儿子的病不见好转，后来转送到重庆大坪医院诊治。在重庆的50多天里，一直是他的爱人陪伴护理，他总是匆匆地看一下儿子，又匆匆赶回包山村。一天，他突然接到噩耗，儿子患的竟是变异性恶性淋巴癌，医院将放弃治疗。那一夜慌忙赶到医院的他呆呆望着儿子苍白瘦削的脸，内心充满无限愧疚和自责。10天后，儿子永远离开了他。

在渠县，像欧平全一样，在脱贫攻坚第一线忘我工作、舍小家顾大家的扶贫干部还有很多。退役军人杨东积劳成疾晕倒在易地搬迁安置点，以身殉职；临巴镇凉桥村支部书记邓一清，因病一直无时间检查，后来检查已是癌症晚期，当他生命进入倒计时，仍然放心不下自己的扶贫工作；胡林波，母亲一级残疾、父亲和岳父都身患癌症，一家三个"重病号"，他作为项目股股长，必须经常下乡规划项目、督促项目建设，也是长年奔忙在扶贫第一线……

　　贾昭安，渠县脱贫攻坚推进办公室主任，这些年来为确保渠县每季度一次的"九比九看"一次比一次更有力、有效，真是"伤透了脑筋"。"红脸出汗、现场测评"是"九比九看"现场推进会最辛辣的环节，针对存在的问题和不足，据实统计排名倒数第一的乡镇，帮扶部门大会检讨、"黄牌"警告。更让人胆战心惊的"暗访曝光、扣减绩效"这些"得罪人"的工作都得由县脱贫攻坚推进办公室来完成，作为渠县脱贫攻坚推进办公室主任，贾昭安本着一颗公心，牵头成立了专项督导组和暗访组，常态化开展专项督查巡查，组织全覆盖入户核查和拉网式排查，有效促进各项工作落地落实。正因为贾昭安对事不对人的客观公正，这种"过筋过脉"的倒逼方式产生了积极的促进作用，全县各级各部门对标找差距、添措施、补短板，促使脱贫攻坚和各项措施到点到位，也正因为此，助推了渠县脱贫攻坚工作捷报频传。在跋山涉水、进村入户摸排情况的路上，贾昭安多次摔伤、跌滑山崖，甚至遭遇车祸，同事们常常为他捏着一把汗，他却说；脚下有多少泥土，群众就有多少敬意。脱贫攻坚既是脑力活，也是体力活，只有敢想敢干、敢打敢拼、敢涉深水，才能更细、更实、更深地推动各项工作……

　　扶贫必须精准，不落一人一户。病情迫在眉睫，却一拖再拖。扎下帐篷，扎下了根，签上名字，就立下了军令状。没有硝烟的战场，你负了伤，泥泞的大山，你走出了路。山上的果实熟了，人们的心热了。

　　让我们再次重温"感动中国"年度人物张渠伟的颁奖词，张渠伟说这段话应该属于所有奋战在脱贫攻坚第一线的基层干部，正是因为大家都舍我其谁地努力并肩战斗，脱贫攻坚战场上渠县这把难啃的硬骨头累计减贫142105人，贫困村全部退出，贫困发生率降至0.045%，在中国减贫史上当之无愧地贡献了渠县力量。

这六年，对张渠伟来说是他在县委县政府的坚强领导下，和众多贫困村民与贫困正面交锋、艰难鏖战的六年，也是他个人与眼病隐忍退让、饱经折磨的六年；这六年，是他和全县扶贫干部团结一心、滚石上山的六年，也是全县贫困乡亲告别艰难、迈向美好明天的六年。责任的坚守、使命的担当、情感的交融，六年弹指一挥间，在张渠伟心里，这场"言必行，行必果"的国家行动唤起了众多力量，渠县已经实现了整县脱贫摘帽，下一步还要巩固提升脱贫成效，对接乡村振兴，加速推进全面小康。不管再苦再难，他和同事还有更多的扶贫干部们都将拿出"为有牺牲多壮志，敢教日月换新天"的精神，去实现一个扶贫人的完美梦想。他渴望自己的眼病能够好起来，因为他还有更长的路要走，他还想清清晰晰看到乡亲们的生活一天比一天红红火火。

每一个扶贫干部，都有许多甘之如饴的扶贫故事；每一个扶贫干部，都有一个永不磨灭的扶贫梦想。"人们的心热了"，我感慨于这么一句对千千万万扶贫人艰辛付出之回馈的最平实的描述，因为有张渠伟式的众多扶贫干部在实际工作中"责任——使命——情感"的淬炼升腾，脱贫攻坚这样一份必将深刻铭记史册的时代壮举，在历史的长河中，恒久地拥有了温暖人心的力量。

是啊，有什么比"人们的心热了"，更能让当今的中国为之动容？

手和手相牵，心与心相"联"

——四川省妇女联合会帮扶渠县脱贫攻坚侧记

何　竞

"全省脱贫攻坚先进县"的背后

渠县已荣获"全省脱贫攻坚先进县"的四连冠，对于参加这场战役的每个"战士"而言，都是值得骄傲的成绩，背后沉淀着十分可贵的经验。从四川省妇女联合会下派担任渠县副县长的侯雪轶，之前她从未想到，自己会和这片热土之间，产生如此紧密的联系。

说起省妇联与渠县的渊源，要追溯到 2015 年。2015 年 4 月，四川省妇联被确定为渠县汇东乡白蜡村脱贫攻坚帮扶工作省牵头单位。

在侯雪轶眼里，白蜡村是什么样子呢？她第一次到村上做前期调研，从成都出发，几乎使用了所有常见的交通工具：先乘动车，然后是汽车，要进白蜡村，必须乘渡船，然后再转摩托。她暗暗吃惊：自己只是为工作摸底，跑这么一趟都如此困难，居住在这里的老百姓怎么办？

白蜡村的老百姓，一说起造成贫困的具体问题来，他们不约而同地剑指一处：交通。达州市渠县汇东乡位于渠县东北部，距离县城 47 公里，因有洲河、巴河两条大河环绕而与邻近场镇及县城分隔，人、车、物都只能通过渡船转运。汇东乡白蜡村一半在海拔 1000 多米的山上，一半在山下，村民人畜饮水困难、交通不便，部分群众上街赶场办事需要步行 3 个多小时，山上最远的村民，步行到村办公室，需要 6 个多小时，地理条件恶劣，信息闭塞，手机在这里也常常没有信号。

交通是扼制人民群众发展的瓶颈，以省妇联郑备主席为代表的妇联干部，想群众所想，急群众所急，根据白蜡村实际情况，将以道路为主的基础设施建设摆在了帮扶工作的首位，积极加强同省级有关部门、对口帮扶单位的沟通联系，积极协调落实项目资金，全力破解交通瓶颈制约，有效改善脱贫奔康的基础条件。

为解决石盘渡口两岸 10 万余名群众的出行难、农产品运输难以及 2000 余名学生渡船过河上学的安全隐患等问题，省妇联协调有关部门，落实资金 7171 万元，全面启动了白蜡村石盘渡改公路桥建设。

关于过河，侯雪轶有件事印象十分深刻。有天晚上，她和几位同志在白蜡村做检查工作，一直忙活到凌晨两点多，工作才告一段落。部分同志选择当晚住在村上，侯雪轶因为第二天一早还要参加一个重要会议，必须连夜赶回县里。好歹找了一条船送她过河，在过河时，河岸对面搭的丧棚前，忽然惊天动地放起鞭炮来。原来依照当地风俗，是要等到"吉时"送别亡灵，丧主选择在凌晨两点放鞭炮，这可吓坏了过河的一行人。

侯雪轶和另外两个同志，缩在对岸车里，半天不敢驰动，一直等着丧主的鞭炮燃点完毕，确信不会影响到他人，这才开车慢慢驶过丧棚前。时隔多月，她想起当天半夜那黑乎乎的水面，耳畔利落脆响的鞭炮声，火光映照着丧棚里隐隐约约的挽联和花圈，仍觉得后背有丝丝寒意升起。住在村里的老百姓，一河阻足，常年受交通所限，可想而知给他们的生活带来了多大的影响。

为了打通白蜡村贫困群众安全快捷出行的"最后一公里"，省妇联充分发挥"联"的优势，协调有关部门、帮扶单位、企业组织加大支持力度，帮助白蜡村整合资金 760 余万元，累计硬化白蜡村水泥路 16.4 公里，生产便民路 4.5 公里，新增错车道 10 处，维修加固危桥 1 座，新建漫水桥 1 座，白蜡村路网体系进一步完善。

着力打好"交通关",还需组织建设跟得上。侯雪轶刚到渠县,发现基层党委对妇联工作的重视力度的确不强,说起妇联工作来,他们下意识想到的是三八节拿出一笔钱来,支持搞一搞相关的活动,也就算是开展了妇联工作。侯雪轶带着县妇联的同志,在全县各乡镇村庄广泛调研,为接下来的妇联基层组织建设,迅速掌握了第一手情况,做好了安排部署。

说起刚开始接触乡村工作,从小在城里长大的侯雪轶微笑了一下,有很多微妙的事,真要下到基层才能懂得。比如大夏天的,毒辣辣的日头高悬,晒得人浑身流油,如果在成都,要么躲在空调房里工作,即使出来,也会全副武装,遮阳伞防晒霜墨镜等一样都不能少。在渠县乡下,美丽的侯副县长无师自通地明白,自己是来当老百姓的"知心人",如果表现得那么娇滴滴羞怯怯,谁会信任她?于是她不管再热的天出门调研,从不打伞,顶多戴一顶当地老百姓常见的草帽。

凭着认真扎实的工作作风,渠县的妇联工作开始有声有色地开展起来,村妇联与村党支部签订了"共建协议",妇联不再是可有可无的基层组织,而是基层党组织的手臂延伸、得力组织,妇联也可以围绕中心来工作,"党建带妇建",充分发挥妇联组织紧密联系妇女群众的优势,充分调动广大妇女群众和家庭的积极性,汇聚起脱贫攻坚的强大合力。

主导贫困地区的产业发展,才是真正引领贫困群众,找到"造血"机制,走上康庄之路的途径。以白蜡村为例,四川省妇联根据白蜡村产业基础、群众发展意愿、市场环境条件,在厘清脱贫产业发展思路上下功夫,帮助白蜡村逐步建立以主导产业为主、以家庭种植养殖业为补充的总体思路,狠抓脱贫产业培育。

侯雪轶说起了一位省妇联同事曹佳佳,早在 2015 年 10 月,当组织上安排人员驻乡扶贫时,曹佳佳便主动申请驻村,成为渠县白蜡村的第一书记。此时的曹佳佳,正值新婚宴尔,父母与爱人百般不舍,不愿她去这么偏远的地方,她最终还是选择迎难而上,为伟大的脱贫攻坚战役贡献一分力量。侯雪轶感叹,曹佳佳因为去得早,所以面对的问题和矛盾更为突出,白蜡村犹如一张白纸,当时她并无可借鉴的"参考答案"。

白蜡村因为交通受限，村民思想保守和排外，曹佳佳初次入户，就被三十多个村民团团围住，众人情绪激动，言辞激烈地反映村里扶贫工作不公平、不公正、不公开。面对村民的不信任，曹佳佳立即向大家表态："乡亲们，我来到这里，就把这里当成自己的家，以后咱们都是一家人。你们关心、在乎的任何问题，都可以来找我，村委一定给大家一个公正公开的结果，并且我向大家承诺，村委一定会带领大家脱贫致富，一起建设美丽幸福的白蜡村。我说过的话就一定会做到，请各位乡亲监督。"

低保是很多农村家庭非常关心的政策，在农村，家家户户条件都很拮据，低保名额给谁好像都能说得过去，但是没有享受到的家庭就很有意见了。曹佳佳第一书记的工作就从落实核实低保政策开始。她对村民反映的情况进行多方调查、深入研究，对患癌症等大病的村民优先考虑，严格落实"民主选举——上报乡县——公示结果"的方式，完成了白蜡村 2016 下半年至 2017 年的低保落实核查工作，使得村民十分信服。

曹佳佳在帮扶村民时，用最时兴的电商思维来促农产销售，让人耳目一新。右腿残疾的胡代良，身残志坚，自强不息，他懂沙梨种植技巧，他家的沙梨品种优良、皮薄个大、香甜可口，可是由于白蜡村地方偏远、信息闭塞，沙梨销路一直不太理想，胡代良甚至产生了放弃种植的念头。曹佳佳得知这一情况，立即通过电商平台和朋友圈，连续两年帮助胡代良销售沙梨 6000 余斤，还教会胡代良学习开展电商销售。看着白花花的钞票，胡代良眼里笑出了泪花，他说自己心里从来没有这样甜过。

如今，白蜡村进行了一系列漂亮的产业发展升级计划，2020 年上半年，已完成如下工作：一是建成千亩药材示范园。引进凡胜中药材种植公司，围绕"三坡两沟"（寨子坡、大摩坡、大林坡，打石沟、文昌沟）打造千亩药材示范园，种植中药材 1800 亩，4 月底前完成 800 亩，分区域种植枳壳、吴茱萸、木瓜、佛手、姜黄、射干、黄精等中药材，覆盖两村一社区 329 户 1216 人（白蜡社区 239 户贫困户 49 户、号房村 66 户贫困户 13 户、东坪村 24 户贫困户 4 户）。建立新型农业产业化模式，打造集中药材种植、收购、加工、经营的新型业态，拉长产业链，通过土地流转、园区务工、提成分红等方式带动群众致富增收，壮大集体经济。二是发展"水稻+川芎"订单种植。利用水稻收割后土地闲置期（水田面积400亩）发展订单农业，推广白蜡社区、号房村、太平村农户水田种植川芎，业主凡胜中药材种植公司提供种苗并按市场价回收，预计亩产达到1000公斤，每亩增收4000元，最大限度发挥土地效益。三是引进德康生猪养殖。融入县百亿生猪家禽水产养殖产业链，引进德康生猪养殖模式，在白蜡社区十社文昌沟流转土地30亩，建成年出栏3000头生猪养殖场。

从交通基础设施建设，到组织力量的建设、助力产业发展，省妇联帮扶渠县脱贫，一步一个脚印，步步坚实，招招精准，打出了一套漂亮的组合拳。如今，又与乡村振兴战略相衔接，渠县的村容村貌整治、户居环境整治，正进行得如火如荼。

只有大兴文明之风，形成人人比、学、赶、超的氛围，才能充分激发群众内生动力，变"要我脱贫"为"我要脱贫"。基层妇联组织，配合当地党组织，集中开展贫困村户居住环境集中整治和星级文明户评定，评选表扬"最美婆婆""最美儿媳"等，为脱贫攻坚和乡村振兴夯实底部基础。

侯雪轶感叹，以前渠县并非没开展过环境整治活动，但当时有个尴尬现实，就是"干部在干，群众在看"，各乡、村干部动手打扫卫生，群众在一旁无动于衷地看着，事后也起不到很好的跟从作用。如今，妇联发挥了基层治理、家庭优势，村上组建了宣传队、督导队等多支队伍，设立红黑榜、积分兑换等奖惩措施，激发群众内生动力，充分发扬了妇联的社会治理作用。

家是最小国，国是千万家。打造干净整洁的美丽家园，意义重大。如今，村民学有榜样、赶有目标，形成了互比互学、主动参与的生动局面，自己有意识地会将户居环境打扫干净，一扫过去的邋遢散漫，变得积极主动。看上去，户居环境整治是针对村容村貌发力，其实提升的是贫困户的精神面貌，让他们能从内心振奋昂扬，认真对待自己，对待身边的一切，在脱贫攻坚战役中，取得更好的成绩。

大田村村民正在分发扶贫果苗　图片由大田村提供

白蜡村来了个胖书记

　　张颖是作为曹佳佳的"接棒人"，被省妇联下派渠县白蜡村，担任驻村书记的。张颖常常说：曹书记已经干得非常好了，白蜡村已经脱贫，贫困户个个能吃饱饭，年年有新衣穿，有健身器材锻炼身体，有家庭医生上门诊治，不定期还有丰富多彩的文娱活动，我们还能干些什么大事？干不成大事，咱们就干些能让老百姓高兴的事情吧，让他们在国旗下过着更幸福和开心的好日子。

　　张颖是抱着"让老百姓高兴"的念头，自己也兴冲冲地前去白蜡村驻扎的，可她刚到村里不久，就发生了一次不那么愉快，甚至令人胆战心惊的车祸。

　　张颖记得那天是周六，开完会，她终于长舒一口气，加班完成本周工作，可以趁周末时间，回成都一趟，看看日夜思念的女儿了。从村里到渡口的路途不近，付登明主动提出用摩托车送她，她欣然从命。

付登明送张颖不假，抓住这个机会，再一次对她唠叨自己的"老大难"问题更是真。付登明是贫困户，他家里符合易地搬迁的条件，可惜他人缘太差，周围群众齐声反对他搬迁到新建房，他受到大家的集体抵制，心头满是怨气，已到村两委办公室多次要求村干部解决他的当前问题，但是问题很复杂，一时半会无法圆满解决，他的情绪便很受影响。

张颖从坐上后座开始，耳朵就塞满了付登明噼里啪啦的怨言，她来不及插话，更来不及提醒付登明，刚刚才下过雨，路上泥泞湿滑，小心驾驶才是。

付登明转了一个急弯，眼看就要飞下路边，张颖因从前学过一段时间咏春拳，打下了好底子，她及时反应过来，在人被摩托车甩离的刹那，她伸手抓住了路边的粗树枝。在抓住树枝时，其实她有片刻的晕眩，短暂失去了意识和知觉，等她醒来时，自己已经躺倒在地上了，付登明摔倒在一旁，后脑勺有血迹。

掉下去的地方，离路面有三米多高，当时有村民在场，吓得目瞪口呆，他们正伸长脖子喊"张书记张书记"时，张颖已面不改色地扶着付登明爬上来了。张颖脸上有一道 6 厘米长的伤口，正在流血，一条腿也瘸着，但她没有喊疼，也没哭鼻子，而是让村民赶紧叫车，说付登明受伤了，得赶紧去医院检查一下。

付登明害怕起来，他后悔自己一路上唠叨自家那点"不平事"，摔了第一书记。他虽性格有些不合群，但终究是个老实本分的农民，担心今天摔了张颖，是闯下天大的祸，不敢待在这里，捂着脑袋，一再表示"我莫得事，莫得事"，趁张颖一个不注意，脚底抹油跑了。张颖脚受伤，撵不了他，越喊，他越是跑得飞快。

这时车来了，张颖上车，让车去追付登明，追上了，张颖死拉活拽，硬要让付登明上车，一起去医院做个检查。付登明哭丧着一张脸，最终乖乖同意，但在车上，他都始终不敢抬头看张颖的左脸：红肿擦伤了一大片，伤口还在往外渗着鲜红的血珠。他心里后悔得要死，也后怕得要死。

到了医院，张颖坚持让付登明先检查、先照片、先包扎，医生说付登明头上是皮外伤，看起来吓人，其实不碍事，缝合了几针，打了破伤风针，没什么大碍了。为了稳妥起见，张颖还是给付登明办理了入院手续，让他不要担心医药费用，在医院观察两天，还给了他两百元钱，让他买点有营养的东西吃。将付登明安顿好了，张颖这才记起自己也是伤员，也需要上药、打针、护理。

付登明原本忐忑不安，做好了被张书记狠狠责备的准备，他还不无心酸地想，原本是想让张书记给他解决房子问题的，这下恐怕还要先给人家赔医药费，哪里晓得会遇到这么好的书记呢？非但没有找他索赔医药费，反将他照顾得巴巴适适，而且凡事以他优先，将他安置妥帖了自己才去找医生处理伤口。付登明百感交集，平时一开口就是牢骚抱怨的嘴巴，这时怎么也说不出一句埋怨话了，他羞涩万端，说不出"谢谢"两个字，但眼里晶莹的泪光，说明了一切。

张颖在整个车祸过程中，表现得极为沉着冷静，事事都以贫困户为先，感动了付登明，从此，他再也没到村两委吵闹过，后来按照国家的相关政策，领取一笔购置房屋的费用，到镇上买了一处二手房，顺利实施了易地搬迁。搬新房后，付登明特意邀请张颖到家中做客，屋子收拾得整洁干净，井井有条，张颖直夸不错，又问："老付，现在和邻居处得拢吗？"付登明不好意思地笑了，他现在已经能自觉处理好邻里关系，不像过去那么斤斤计较了。

白蜡村占地面积 11.3 平方公里，地广人稀，全覆盖服务好老百姓仅靠几个村社干部是远远不够的。发展和壮大村妇联组织，增补妇联执委，将服务对象转变为工作力量，是充实基层工作力量的有效办法。2020 年，在村里疫情防控期间，张颖号召并组织妇联执委成立巾帼志愿服务队，与村社干部共同深入防疫一线，挨家挨户宣传防疫知识、走访排查可疑情况，执委分组轮流严守路口量体温、督促村民不乱跑、为民代购显温暖，白蜡村至今无一确诊和疑似病例。

白蜡村因为地理位置特殊，在防控疫情最严格的那段时间，停了渡船，村民想要出去买点日用品都千难万难，村上只有一个小小的食杂店，连香皂牙膏都常常处于断货状态。"张书记，你喊我们勤洗手，注意个人卫生，这会又不让我们出去，家里的香皂、洗衣粉都快没有了。""张书记，农村里用不上啥子酒精消毒，我们都没有这些的嘛。"张书记在山上巡逻时，总是会碰上村民提出这样那样关于防疫物资紧缺的问题，怎么办呢？

张颖永远相信一句话：办法总比问题多。她大学是学林产化工的，是经过实验室磨砺的女生，脑子一动，计上心头：没有香皂，可以自造啊！说干就干，张颖立即通过翻阅书籍、上网搜索、实干演练，又自掏腰包购买了一系列原材料，成功制作出手工皂、洗衣液、洗手液、免洗手酒精消毒凝胶。

张颖随即开班，传授技能和经验教会了妇联执委和贫困妇女，制作出一批批成品后分发到了有需要的村民手中，尤其是家有学生的，开学后正好需要使用免洗手酒精消毒凝胶。

张颖有想法更有魄力，成功制作手工皂，让她想到了这也可以和产业挂钩。因为疫情影响，今年贫困户收入减少是在所难免的事，留在家中的多数以老人、妇女、儿童为主，省妇联之前也一直致力于拓展妇女居家灵活就业的产业培训，比如号召贫困户串珠、刺绣、扎鞋垫等，利用家庭闲暇时间，赚取额外收入。张颖带着村里巧手妇女制作出来的手工皂，除了自用，她晒在社交网络，朋友熟人还来"哄抢"了一圈，都夸她用材真，品质好，使用起来一点都不担心对肤质有伤害。当前将手工皂制作成防疫产品，以后，能否发展成白蜡村的特色产业呢？

张颖的思维，从手中这块小小的香皂，又跳跃到了白蜡村当前的大产业——千亩中药材种植基地上去。她仔细研究了中药材基地生产的几种药材，可以作为手工皂和足浴盐的有效成分，成功制作出成品。在参看相关书籍资料、产品行业标准的基础上，张颖进一步改进了配方和制作工艺，增加利用原有产业基地生产的花椒和油牡丹，扩大品种系列和原材料，张颖毫无保留地向妇联执委和贫困妇女教授制作方法。

张颖尽可能将一些妇女聚集起来，成立白蜡社区妇女居家灵活就业基地，传授手工制作的工艺和方法，生产出一批具有本地特色的手工皂和足

／手和手相牵，心与心相「联」／

浴产品。在中药材基地环线内的在家村民，但凡有劳动力的，均到产业基地务工，弱劳动力和半劳动力的，自愿到妇女居家灵活就业基地发展生产，最大限度支持了产业发展，也延伸了中药材产业链。目前，张颖成功将防疫产品发展成特色扶贫产品，居家灵活就业基地已经接到十多个生产订单，产品选送至省级扶贫产品展销会参展。

女子都是爱美的，张颖认为身在微胖界的自己也是美美的，她的美，除了外貌体态，其实也是内心善与美的折射。张颖乐观、开朗、积极，不管遇到多不好的事，都先笑眯眯地告诉自己：最后能解决的，那都不是事！新冠疫情虽影响了我们的生活，但挑战和机遇，往往是同时出现的，一块小香皂、一盒足浴盐，没准就是一个大商机，谁说小香皂不能撬动大产业呢？

灵感村的蜕变

省妇女干部学校的周杰接到通知，他将下派到渠县万寿镇灵感村担任驻村工作队队员时，他心中泛起了茫然的涟漪。

这时的周杰，对于村情乡情一窍不通，扶贫政策压根不懂，对于新的挑战，难免会有畏难情绪，更何况，他舍不得宝贝女儿，这几年女儿上幼儿园，绝大多数时候都是他负责接送孩子，他这一离开成都，就没那么多时间和女儿相处了。周一即将乘车前往渠县，周日，女儿认认真真对他说："爸爸，我希望今天时间过慢一点就好了，越慢越好。"他问孩子为什么这样想，女儿像个小大人，皱着眉头叹了口气："时间慢一点，就能和爸爸多待一会，我希望今天能慢慢过，明天早上爸爸就离开成都了。"

女儿的话，让周杰柔肠百结，他到了灵感村自己居住的地方，来不及整理与亲人间的离情别绪，先被眼前所见吓了一跳：所谓寝室，是一间废弃的办公室，周杰到达后，首先打扫卫生，不知用扫帚绕出了多少蜘蛛网，扫走了多少灰絮团。将自己带来的被褥搁放在单人床上，向窗外看了看，外面正对着一大片农田，七月的太阳，明晃晃照在农作物上，晒得叶子边缘蔫卷了起来。

　　到了夜里，周杰才知道"推窗见农田"意味着什么。这话并不准确，因为驻村的第一晚，他压根就没敢开窗睡觉。蚊子、苍蝇乃至各种他叫不出名字的小虫，都有趋光性，白天周杰给房间接了电，安了插座，夜里电灯一亮，顿时嗡嗡嘤嘤，飞进无数不速之客，像轰炸机一般袭来，一会工夫，周杰裸露在外的肌肤，留下了无数个肿包与红点，吓得他赶紧关上门窗。

　　没有纱窗纱门，自然要紧闭门户才能免遭袭击，可惜这"紧"只是美好想法，年久失修，窗和门均已变形，下面裂着老大的缝，对于"苗条的蚊虫"来说，简直是招手牵引它们赶紧过来的敞门阔户了。屋里没有风扇，关着门窗，周杰也不敢燃点他带来的蚊香，只能硬撑着，通宵未睡，呼了一夜的巴掌，虽说蚊虫尸横遍野，杀敌可观，但他自己也被一记记巴掌拍得身上又红又紫，真可谓"杀敌一千，自损八百"。

　　第二天，周杰不敢耽误，马上开始走访贫困户，村路不好走，有些农户住得很远，他也只能靠自己两只腿脚，一步步完成征途。入户走访、用心交流，是最笨的办法，却也是最有效的办法。下午 2 点，周杰走到一个贫困户家中，贫困户吓了一跳："这种天气，我们村里人都不会出来的，太阳毒得不得了，你难道就不怕中暑？"

　　周杰怕不过来，他最怕的是自己没能好好摸清情况，无法尽快开展工作。贫困户摇着脑袋，像是感叹他傻，又像佩服他的勤勉。待周杰摸了底，准备去下一家时，贫困户追出来，硬是塞给他一把伞，事先说了这是把不值钱的旧伞，不用他还。周杰下一次过来，却还是还了伞。他感激贫困户的真情，有这份情感在，再大的太阳，再热的天，他都无所畏惧。

　　那时，周杰要到村委会，标配是多带一件 T 恤衫，一条毛巾。毛巾随时来擦汗，而 T 恤衫是为换用。到了村委会办公室，他浑身上下，汗出如浆，整个人犹如从水里捞上来一般，得赶紧脱掉身上衣服，搭在椅背上晾干。他穿上带来的衣服，出去走访一天，又是汗湿得厉害，再换上早上晾的衣服，步行回住处。

周杰这么拼,是因为他晓得灵感村的过去实在太苦太苦了。2014 年以前,灵感村全村建档立卡贫困户有 231 人,占全村总人口的 17%。这里位置偏远、交通等基础设施差,曾被称作"洞沟"。放眼望去全是山,村路特别烂,连摩托都开不出来,有些老乡要走足足一天,才能从住的地方走到乡镇上。之前就因为贫困,灵感村里光棍扎堆,村里的姑娘长大了,纷纷外嫁,外面的姑娘死活都不愿嫁进来。

灵感村的蜕变,得益于 2015 年村里引进了"碧瑶庄园"(后改名为"碧瑶湾")项目,由四川博舜农业发展有限公司投资 8.6 亿元,打造生态休闲观光农业,助力该村脱贫摘帽。在建设碧瑶湾之前,村民去一趟县城要先花 10 块钱坐摩托车到公路旁,再花 15 块钱坐中巴车到县城,算上等车时间,单程一趟要花费 1 个小时左右。村民们修房子、运东西出去售卖,运费和人工费都高。碧瑶湾建好后,村里开通了发往县城的公交车,半个小时就能到达,车票也就 4 元,大大方便了村民出行。

交通的便利,让贫困户看到了生活的曙光,有些脑筋灵活的农户,依托碧瑶湾的景区资源,在景点附近摆个小摊,售卖自家的农副产品,日子过得比以前滋润不少。可在抓物质文明的同时,也不能放松对精神文明的追求啊,周杰很快就发现了一个问题:村妇联名存实亡,甚至记录在册的妇联干部,其中有几个因为常年在外打工,对村情相当陌生,至于工作推动,更是无从谈起。村上开会,妇女们都不来,最让人哭笑不得的,是有次要召集村妇联干部学习妇女大会的精神,结果来参会的都是一群大老爷们,村干部和男党员们硬着头皮,学完了文件精神。

周杰决定将这一盘散沙,变成一个具有核心竞争力的基层组织。要建班子,需选思想优秀,或有号召力,或具备一项技能的热心妇女,让她们参与到妇联工作中来。有了候选人名单,通过村委会的多方宣传,灵感村的村民晓得了要召开妇女大会,都有些惊奇,因为之前从没搞过这么大的阵仗,村民出于好奇心理,大多到了现场。

周杰在选举开始之前,简短说了几句话,最让甘中燕记住的,是"选自己的娘家人",她内心有些微微的激动,还有些紧张不安,不知道出现在候选人名单的自己，是否能被大伙信任和认可。

30 多岁的甘中燕，打工时间竟已超过了 10 年。穷则生变，不外出打工，在这个穷山村里待着，怎么养活一家老小？她是能吃苦的女人，之前随着丈夫前往福建的建筑工地上打工，一个月满工满做，能挣 3000 多元。但在外地房租贵、物价高，各种花销算下来，一年到头辛辛苦苦，手里也难以存到两个钱。碧瑶湾落成后，回家探望父母的甘中燕，发现停车场外停满了车，来玩耍的游客众多。她心思转动，想着在外面奔波劳碌，无法就近照顾家人，还不如在家门口就业呢，以前条件不允许，现在路通了，来碧瑶湾的游客多了，机会不就多了吗？

甘中燕敢想敢干，她带头开了村里第一家农家乐：中燕农家乐。她盘算着，生意好的话，一个月挣的钱，比在工地上干活要多，家里有钱挣，谁愿意出去呢？

甘中燕被高票当选为村妇联主席，面对大伙的信任，她感动得眼里闪烁起了泪花花，但同时，她也有些茫然，不晓得自己除了一腔热心，还有啥本领，能真正干好妇联工作，不让支持她的人失望。

此次灵感村选举，共选出了包括村妇联主席、副主席、妇联执委在内的 14 名干部，充实了干部力量，接下来要干啥，大家和甘中燕一样，都是"一抹黑"。不过不要紧，周杰充分发挥了省妇女干部学校的培训优势，送妇联干部出去开会学习，参加业务培训班，组织她们认真学习国家政策、相关业务技能、与时代同步的新知识，在不断学习之中，妇联干部越来越目标明确，知道自己该做什么，又该如何干。

"党建带妇建"，灵感村坚持把"妇建"摆在"大党建"的突出位置，通过健全组织网络、建设先锋队伍、激发干事活力，做深做实做好党建带妇建工作，使妇联组织有位有为有影响、妇建工作有声有色有活力，有效推动党建工作与妇建工作的良性互动。

甘中燕在妇联组织中成长飞速，用侯雪轶副县长的话说，最开始见到她，发现甘中燕就是一个腼腆又寡言的农村妇女，她压根不晓得自己该怎么开展工作，眼神中还有几分怯生生的；后来再去灵感村调研，甘中燕展露了爽脆、利落、能干的一面，工作做得有声有色。

周杰说，贫困不贫困，不仅要看收入，精神面貌也要脱贫，才是真脱贫。全村开展户居环境整治活动，鼓励村妇联干部多做事、多带动。村里有一户人家，因为平时养殖着鸡鸭，院坝环境十分糟糕，主人自己又不爱打扫，地上东一堆西一摊都是鸡屎鸭屎，去了连下脚的地方都没有。他过惯了这样的日子，平时柴火也乱堆，屋里被褥衣服也是胡乱绞缠，之前村干部上门要求他整改环境，他一句话就把人家给抵到墙壁上："我又没弄脏你家的地，你管我？"甘中燕带着妇联干部来了，她先和姐妹们一起动手，将屋内屋外收拾得干净爽洁，主人看了，咂咂嘴眨眨眼，说："你们弄这么干净也没用，明天早上起来照样脏兮兮了。"甘中燕笑眯眯地说："家里地方脏了你要自己打扫嘛，难道就看它一直脏下去？"

主人还在翻白眼时，甘中燕动手在门口钉起牌子来。主人这下保持不了淡定，问她在干什么，甘中燕指着牌子解释："以后我们会不定期抽查卫生情况，如果做得很好，有三颗星，次一点，两颗星，一颗星就不及格了，如果像我们打扫之前的那样……"甘中燕故意拖长了声气，主人紧张地问她："那样会哪样？"甘中燕遗憾地说："那就没有星。左邻右舍都有星，大部分都是三颗星，就你家一颗星星都点不亮。"

这话说得之前顽固不化的主人直冒冷汗，从此他再也不偷懒，将屋里和院坝都打扫得干干净净，怕自己鸡鸭到外面去乱拉，早上起来，门外的入户路都要大扫帚细细扫过，才觉心安。"后进"变先进，妇联同志在群众当中起到了很好的引领与监督作用。

手和手相牵，心与心相"联"。几年来，省妇联认真落实中央、省委脱贫攻坚决策部署，发挥妇联组织广泛联系妇女群众的优势，在渠县扎实推进工作，为全省的精准脱贫工作，助力添彩，交出了让人满意的答卷。

"树新风助脱贫"，且看巾帼正行动

税清静　彭文春

"老乡，我们能进你家里看看吗？"

正在门前小菜园里挖土豆的女人，直起腰来笑着说道："看吧，看吧，随便看。"她上身穿着粉红色格子外套，下身穿着紧身牛仔裤，身材高挑苗条，头上戴着一顶白色的遮阳帽，40 来岁的样子，从外形已经快分不出她的民族和城乡特征了。只有当她抬起头时，才能从遮阳帽下她那张轮廓分明的脸上寻找到少数民族的特征。

"你是汉族还是彝族？"

"彝族，我叫沙……"她突然发现了随行摄影家的照相机，显得紧张起来，脸都变了颜色："不能照相、不能照相！……"女人一着急，嘴里冒出一串彝语来，我们一个字也听不懂，弄得大家面面相觑……

从"洁美家庭"说起

这是 2020 年 8 月 21 日上午，发生在凉山州彝海镇彝海村的事情。当我们一行作家、书画家和摄影家来到 2 组 44 号房屋前，大家看到这个居民点一栋栋亮黄色墙体暗红色屋顶的小别墅，错落有致，家家都悬挂着鲜艳的五星红旗，艺术家们个个眼前一亮，都想着钻进居民房间里看看他们的生活情况，谁知在此却受了阻。一看采访不畅，驻村帮扶干部刘颖三步并作两步跑过来给女人打招呼："沙马伍个木，这些作家、摄影家朋友们，都是来宣传报道我们大凉山脱贫攻坚的，他们要把我们怎么过上好日子的告诉全国各族人民……"

"哦，原来是这样啊，对不起了！"沙马伍个木长长地舒了一口气，略显害羞地向大家表达了真诚的歉意，扭头悄悄对刘颖说："我以为是'洁美家庭'检查暗访的，我往天都是把房子收拾好了才出门的，今天看天气不好，怕下了雨泥巴糊糊地不好挖土豆，想着先把菜园里土豆挖了，再去收拾房子打扫卫生的……"

沙马伍个木认认真真地解释着，看得出她心里为刚才的行为感到很内疚。刘颖赶紧安慰她说："没关系的，村上都知道你平时卫生做得最好，他们也只是随便看看，不会把今天的情况纳入'洁美家庭'评选打分的。"

"要不我现在就进屋收拾了，你们再进去拍照？"沙马伍个木一边说着，一边放下锄头，准备回屋。众人赶紧劝住："不用，不用，我们就想看点人间烟火味道。"沙马伍个木听懂了一大半，后面的似乎不太明白，喃喃自语："不取消我的'洁美家庭'就好……"

"她这么在乎'洁美家庭'，'洁美家庭'是怎么回事？"我问刘颖。刘颖是四川能投彝海文化旅游发展有限公司 2018 年派驻到彝海村驻村帮扶的，两年下来对家家户户，大人小孩都非常熟悉。她说，村里的家庭主妇现在非常看重"洁美家庭"评选，能评上"洁美家庭"脸上才有光，评不上或者评上后又把"洁美家庭"牌子搞丢了，是很丢人的事情，因为"洁美家庭"评选是将"洗脸、洗手、洗脚、洗澡、洗衣服"和"环境卫生清洁美、物品摆放有序美、厨厕干净清爽美"作为具体标准，所以，沙马伍个木害怕大家进她的屋，怕大家拍下她房间内没有来得及收拾的样子。这时，我才注意到她家大门右边悬挂着凉山州妇联颁发的"洁美家庭"牌子。在"洁美家庭"牌子上面，悬挂着另一块中共冕宁县委县政府颁发的"四妇家庭示范户"牌子，这块牌子里面有极详细的内容，标明了户主姓名吉根尼坡子，评定星级为四星，项目内容分别为：住上好房子五星，过上好日子四星，养成好习惯四星，形成好风气四星。看到门口两块牌子，大家终于理解了沙马伍个木为何对大家手里的照相机那么紧张了。

然而，当大家推开她的家门，都不约而同地发出了"啧、啧"的赞美声，大家惊叹，这还是彝族人的家吗？曾经的烟熏火烤已经没了踪影，呈现在众人眼前的是大沙发、液晶电视等家具家电一应俱全，跟城里人的摆设没什么区别。房内墙壁雪白，地上瓷砖锃亮，除了茶几上略显凌乱，室内并无女主人担心的那样。客厅套了两个门，门是关着的，里面应该是卧室。出得门来，左手两大间转角厢房，一间是厨房，另一间还是厨房，怎么两间厨房？这时，大家才发现，一间里面是传统的烧柴火的土灶，灶台镶嵌着雪白的瓷砖，大锅大灶，应该平时没怎么用。而另一间厨房用的是烧电气的现代化电磁炉和煤气灶，小锅小灶，倒像经常使用。两间厨房面积相当，除了炊具还能摆下一张小饭桌，坐下几个人吃饭。

从厨房出来，我逗菜园里的沙马伍个木说："你长这么年轻漂亮，吉根尼坡子是打起灯笼火把才找到你的，今年有 30 岁没有？"

沙马伍个木在门前小菜园隔着篱笆（左）与作者聊天　摄影/驻村干部刘颖

"还 30 呢,我都 42 岁了!"沙马伍个木知道这是在与她开玩笑,脸上有些害羞,心里却十分受用,于是愉快地接受了采访。

原来沙马伍个木一家四口人,2018 年 12 月才搬进如今的新家。房子是政府统一修的。自己通过相关政策无息贷款了 4 万元,加上自筹的 5 万多,总共花了不到 10 万元,把屋内进行了装修,购置了家具家电,一步迈入了城里人生活。老公吉根尼坡子在外开面包车,她自己在村幼儿园给孩子们煮饭,一月有 1500 元收入,顺便把家里照看了。大儿子吉根伍勒 20 岁,现在已经在能投公司上班,成了驻村干部刘颖的同事了。小女儿现在在凉山州农技校读中专……

显然,我们眼前这位美丽勤劳的沙马伍个木,把自己这个家照顾得巴巴适适的,也与门边她看重的那两块牌子名副其实。

伟大的"半边天"

沙马伍个木所在的彝海村,是因为坐落在彝海旁边而得名,而彝海更是因 1935 年红军过彝区,刘伯承与彝人头领小叶丹在彝海边结盟而闻名于世。但是,世人皆知彝海结盟,而小叶丹夫人倮伍伍加嫫保护军旗的故事却鲜为人知。

刘伯承与小叶丹结盟后,将一面写着"中国夷(彝)民红军沽鸡(果基)支队"的军旗赠给了小叶丹,并任命小叶丹为支队长。红军离开后,国民党反动政府得知小叶丹"通共"的"大逆不道"之举,对他进行了残酷的报复和迫害,逼他交出军旗,誓与红军"划清界线"。小叶丹坚决不从,为了保护军旗,他宁愿倾家荡产,交出了 1.2 万两白银和 120 头母羊,哪怕自己变得一贫如洗,他也不曾背弃彝海边的结盟。小叶丹随身携带着军旗,他知道如今自己已是国民党的眼中钉肉里刺,生命岌岌可危,即便如此,也无悔过往,哪怕为此而坐牢。一朝结盟,永世弟兄,小叶丹对于红军的感情,比山峰更高峻,比冰雪更纯洁。倮伍伍加嫫日夜跟随小叶丹,也对共产党深信不疑,他们都坚信共产党一定会胜利,红军一定会回来。

小叶丹曾对傈伍伍加嫫说："万一我死了，你一定要保护好红军旗，红军一定会回来，到时把军旗交给兄长刘伯承！"

1942 年，小叶丹被国民党操纵的罗洪家支武装伏击身亡。从此，保护军旗，成了傈伍伍加嫫活着的责任，比生命更为重要。

傈伍伍加嫫只是一个普通的彝族妇女，还带着几个孩子，日子异常艰辛，但是国民党反动政府并未因小叶丹已死而放过他的家人。敌人时常冲进小叶丹家中四下搜查，如狼似虎地翻箱倒柜。到底将军旗藏在哪里才安全呢？猪圈牛棚都是藏旗之处，傈伍伍加嫫绞尽脑汁，一次次瞒过了敌人的眼睛。如今，猪圈牛棚都被敌人毁了，她又设想了很多藏旗之处，却又一一被推翻，她已经意识到不管放在家里任何地方，都可能被敌人找到。如何才能把军旗藏得万无一失呢？忽然，她灵机一动，想到了自己的百褶裙。

百褶裙是彝族妇女的传统服饰，裙幅既长又宽，分内外两层。傈伍伍加嫫当即点亮油灯，借着微弱灯光飞针走线，将军旗缝进自己裙摆的夹层之中。从此，傈伍伍加嫫与军旗寸步不离，军旗穿在身上，犹如带着温暖的阳光，哪怕寒冬料峭，傈伍伍加嫫也从未熄灭心头的火苗。

敌人挖地三尺，始终找不到军旗，气得火冒三丈。为了泄愤，他们又是打砸，又是敲诈，每次来都要勒索强抢，让傈伍伍加嫫与孩子的生活过得十分艰难。敌人威逼之后又重复着毫无新意的利诱招数："交出来吧，只要你将红旗交出，给你厚赏！"傈伍伍加嫫轻蔑地抿紧嘴角，将视线转向一边，她什么都不说，一切却又在不言中。她的态度激怒了敌军，就连最后一点粮食也被无情抢走，年幼的孩子饿得哇哇大哭。傈伍伍加嫫抱住孩子，母亲的怀抱不仅传递着温情，还传递了军旗的力量，这份慰藉令一个平凡的女人，日夜成长，愈加坚强。

傈伍伍加嫫用她的智慧，更用坚韧、执着、勇毅来守护着小叶丹的遗志，守护着军旗，也同样守护着自己对革命百折不挠的初心。直到 1950 年，冕宁解放，傈伍伍加嫫才把军旗从百褶裙里取出来，献给驻扎冕宁的解放军。红旗再次飘扬于彝家山寨，历史不会忘记英雄的鲜血和牺牲，此时，距离彝海结盟，已过去了漫长的 15 年，那面军旗也被倮伍伍加嫫缝进裙子里，藏在身上穿了 8 年。

新中国成立后，倮伍伍加嫫展示她守护的军旗　图片来自网络

"你知道彝海结盟后，小叶丹妻子保护红军旗的故事吗？"

"知道，倮伍伍加嫫太厉害了，她是我们彝族女人心中的英雄！"沙马伍个木说，"我就出生在小叶丹牺牲的大桥镇嘛。"

"你也厉害，太能干了，你看你把你的家经营得多好！"

"我才不能干，是党好政策好！"沙马伍个木说这话时是发自内心的。

什么是"巾帼行动"

凉山州是全国最大的彝族聚居区,也是全国全省脱贫攻坚的主战场,发展不平衡不充分的状况尤其突出,妇女工作的艰巨性复杂性尤其突出。

2018年2月,习近平总书记到大凉山腹地视察,做出了系列重要指示,祝愿凉山人民"幸福安康,早日脱贫奔小康"。同年11月2日,习近平总书记在同全国妇联新一届领导班子集体谈话时指出妇联要做好凉山州贫困家庭工作。2019年初,为全面贯彻落实习总书记的指示精神,四川省委专题下发《关于在凉山州开展"树新风助脱贫"巾帼行动计划(2019—2020年)的通知》,省财政2年划拨1.26亿元、县级财政共配套2000万元在凉山州11个深度贫困县实施巾帼行动两年计划(以下简称"巾帼行动")。全面开展"文明习惯进家庭、科学家教进家庭、优良家风进家庭"系列宣传教育、文明创建、互帮互助活动,激发妇女和贫困家庭脱贫奔康的内生动力,到2020年底,养成健康卫生习惯、实施科学家教、涵养优良家风成为广大妇女和家庭的普遍共识,进一步建立健全"树新风助脱贫"的长效机制。

这是一次发挥妇联"联"的优势,各工作主体、职能部门各司其职,主动担当的生动实践——举全省之力,通过发挥妇女特殊作用,用行之有效的方法、丰富多彩的活动,以"治穷、治愚、治毒、治病"等工作为抓手,带领全州各族各界妇女群众积极参与建设健康、幸福、富裕、文明、和谐新凉山。

四川省妇联、凉山州妇联为此专门制定了详细工作方案,明确了省、州、县、乡、村五级妇联职能职责、工作任务,确定了重点工作任务和时间进度表,并先后于2019年3月初、4月底召开了动员大会和现场推进会,部署推进"巾帼行动"工作。省、州妇联建立了对口联系指导11个深度贫困县制度,州、县妇联干部和执委包县到村、定片指导,截至2019年底,省、州、县妇联干部先后3000余人次深入到各乡(镇)、村,分片指导开展"洁美家庭"建设和禁毒防艾、计划生育、控辍保学宣传，充分激发妇女和家庭参与创建活动的内生动力，形成了推动工作的强大合力和联动效应。

2019年3月5日，"树新风助脱贫"巾帼行动计划动员大会在西昌市召开。省委常委、省直机关工委书记曲木史哈，省政协副主席、凉山州委书记林书成出席会议并讲话。省妇联党组书记、主席郑备介绍了"树新风助脱贫"巾帼行动计划。会议由省扶贫开发局党组副书记、副局长向此德主持　图片由省妇联提供

通过组建县、村的"妇女互助队""卫生健康宣传队""达体舞队"三支队伍，全面落实行动计划。其中县、村"巾帼卫生健康志愿服务队"的组建由州、县卫生健康部门负责，志愿服务队以宣传和义诊等方式，旨在养成广大妇女卫生健康的文明习惯。另两支队伍，每个组建到每个村。通过三支队伍深入开展环境卫生整治、红白喜事互帮互助、文明节俭互评互比等活动，引导各族群众遵守村规民约，养成健康、文明的良好习惯。

也就是说，沙马伍个木最看重的"洁美家庭"评选，只是"巾帼行动"内容的很小一部分，此外各级"最美家庭"评选活动也如火如荼开

展。凉山州各级妇联干部艰苦努力、妇女群众感恩奋进，仅2019年，11个深度贫困县建立村级"三支队伍"7892支，共17.02万人，74万家庭、100余万名妇女参与巾帼行动，向重生轻养、不讲卫生、薄养厚葬、吸毒贩毒等贫困顽疾宣战。凉山州贫困家庭面貌发生了明显变化，贫困妇女脱贫奔康追求美好生活的内生动力被极大激发，"共产党瓦吉瓦""总书记卡莎莎"（共产党好、感谢总书记）在广大家庭和妇女中口口相传。

让"巾帼行动"落地开花

2019年6月11日上午，凉山州妇联"树新风助脱贫"家庭教育骨干讲师班开班，来自全州妇联代表共计103人参加了此次培训。培训主要为了提高参训骨干思想认识、以"树新风助脱贫"家庭教育思想为引领，不忘初心，牢记使命，准确把握家庭教育的方向意义，从而全面推进家庭教育工作创新发展。妇联尽职尽责，以较强的责任感、使命感，转变观念、创新思路，以家庭为单位、幸福为目标，认真贯彻男女平等基本国策，大力传播孝老爱亲、夫妻恩爱、亲善教子、邻里和谐、廉洁文明的幸福家庭正能量建设，努力提升广大家庭成员的责任感、获得感和幸福感。

"树新风助脱贫"家庭教育骨干讲师培训班现场　图片由凉山州妇联提供

这次骨干培训，只是"巾帼行动"队伍建设的一个缩影。在省妇联领导下，凉山州妇联坚持党建带妇建。2019年，省委组织部和省妇联在凉山州召开了全省党建带妇建现场会，通过实地调研发现问题、总结经验，进而达到解决问题、指导行动的目的。把深化县、乡（镇）、村妇联改革作为推进巾帼行动计划的关键，指导11个县配齐配强妇联班子，优化增配县妇联执委322名；指导乡村配齐专兼职主席2753名、执委31685名。联合宣传、卫生健康、教育、公安、文化旅游等部门，组建省、州、县级巾帼健康卫生志愿服务队、巾帼家教志愿者队26支2500余人。指导各乡（镇）、村成立"妇女互助队""卫生健康宣传队""达体舞宣讲队"等群众性队伍1万余支10万余人。发动巾帼志愿者、妇联执委，联动省内外对口帮扶力量、驻村帮扶队，组成近5万人的"树新风助脱贫"巾帼行动计划工作服务队伍，个别县还选调优秀妇女成立乡镇"工作督导队"、招募乡村教师成立村"家庭教育小分队"等。

每个村的村妇联主席、副主席及执委走村入户传播科学家教知识，强化家长家教责任意识，落实控辍保学家长责任。志愿者队伍抓住火把节、彝族年等返乡人员集中、群众性聚会的重大传统节日和三八节、国际禁毒日等节点，集中宣讲习近平总书记的牵挂、党中央的关怀、省委的惠民政策，宣讲义务教育法、计划生育政策、禁毒防艾知识等；通过召开村民大会、群众性队伍入户、"村村响"喇叭播送、彝族"克哲"说唱艺术、达体舞会等形式常态化进行宣讲。在宣传中鼓励执委"带头干"，充分发挥执委的示范带动作用，执委们团结引领工作服务队员和志愿者走村入户进行各类宣传9437次，覆盖人数107.2万人，宣传覆盖面达到73%以上。通过志愿者队伍的宣传教育活动，工作很快落地见效，如布拖、美姑、昭觉等县全面推广丧事桌餐制；昭觉、雷波等县的妇女互助队帮扶贫困户出钱出力助建房屋，喜迁新居；金阳、雷波、昭觉互助小分队手把手指导村民进行内屋整理等，都受到群众的广泛欢迎。这些活动进一步提高广大家庭的文明意识，为树立文明新风奠定坚实的群众基础。

以"洁美家庭"创建为抓手，将"洗脸、洗手、洗脚、洗澡、洗衣服"和"环境卫生清洁美、物品摆放有序美、厨厕干净清爽美"作为具体标准,组织3万余名村妇联执委率先创建洁美家庭,"一对一""一对多"带动贫困家庭创建,实现乡村卫生大变化。大力发展积极分子,选拔40.2万名妇女创建积极分子,开展互学互促1.5万余次,带动92%的家庭参与创建活动,70%的家庭被评为"洁美家庭";毒品、艾滋病受害家庭妇女勇敢站出来现身说法,通过"姐妹悄悄话"、走进戒毒所、面对面"四必谈"开展禁毒防艾宣传帮教工作。

冕宁县巾帼志愿者、村妇联主席罗金花在磨房沟镇果林村三组指导彝族妇女整理厨房　图片由冕宁县妇联提供

在凉山州,除了金阳、昭觉等被列为11个重点扶贫县外,冕宁、德昌等非贫困县也主动作为,在没有上级专项资金情况下,积极想方设法,抓好"巾帼行动"贯彻落实。

2020年5月13日,在国际家庭日来临之际,德昌县妇联组织巾帼志愿者开展志愿服务宣传活动。全体巾帼志愿者集体承诺:我们是巾帼志愿者,我们承诺：发扬优良传统，传承良好家风！讲文明、讲卫生，改陋习、树新风。遵守交通规则，不闯红灯，安全出行，文明行车，礼让行人，从我做起。预防艾滋，远离毒品，从我们每个家庭做起！

活动以宣传"禁毒、防艾、文明交通、反诈骗防范、家风家教、森林防火、反家暴"为主要内容。活动共发放禁毒、反诈骗防范、反家暴等宣传折页资料2000余份，"文明交通，你我同行"宣传彩页单500余份，防艾滋宣传读本200本，家庭教育读本100本，印制有"发扬优良传统传承良好家风""文明交通，你我同行""预防艾滋，远离毒品，从每个家庭做起"等字样的宣传扇1000把、围腰1000匹。

德昌县妇联巾帼志愿者宣传活动剪影　图片由德昌县妇联提供

2020年8月5日，冕宁县妇联主席文清美带领村妇联干部、执委，巾帼志愿者，村组干部，先后到磨房沟镇开展"移风易俗树新风"宣传活动。大家头顶烈日，先后在浸水村、果园村、麻哈村、大沟村、庄子村、核桃村等村，走进村民家中针对农户居家环境卫生、衣被叠放、家具摆放、柴草堆放、畜禽管理等方面进行现场培训，并为贫困户带去了简易衣柜、床上三件套、枕芯、棉被、洗漱品等暖心物品。通过活动，进一步倡导广大群众讲文明、尚科学、除陋习、树新风，自觉保护环境，建设美丽家园，以良好家风助推全县移风易俗工作开展。

冕宁县巾帼志愿者李庆（右）在磨房沟镇核桃村教彝族妇女整理床铺

图片由冕宁县妇联提供

脱贫一线巾帼最美

大凉山的女人，从追求自由幸福的甘嫫阿妞到坚信共产党一定会胜利的俣伍伍加嫫，自古就不缺女英雄女能人。甘洛县就有一个女能人，她是四川省首届彝族刺绣手工艺大师、省级非遗传承人。从绣娘到工匠，48 年来，她获奖无数却始终专注，实现了人生目标也不忘同胞姐妹。她始终坚守初心，运用自己勤奋的成果，助力脱贫攻坚、倡树文明新风，绣出了新时代的文明之花。她就是凉山州嘿吗咔旅游文化有限公司和甘洛县彝针彝线刺绣专业合作社创始人——阿西巫之莫。

　　彝族服饰的一大亮点，就是彝族刺绣，彝族刺绣种类繁多、丰富多彩、制作精美、异彩纷呈，是彝族传统文化的一种体现，是彝族服饰中不可缺少的部分。2008 年 6 月 7 日，彝族刺绣经国务院批准列入第二批国家级非物质文化遗产名录。

　　彝族的姑娘们都勤劳手巧，阿西巫之莫也不例外。10 岁起，她便跟着母亲开始学习彝族刺绣。为了营生，1993 年春节过后，阿西巫之莫在县城摆起了地摊，卖糖果、针线、布匹。因为"骨子里的喜欢"，她萌生了经营彝族服饰的想法。下定决心后，她花了半年的时间走遍凉山州 17 县（市），观察和学习不同的彝族刺绣技艺。她认真地看，反复琢磨，仔细练习，一针一线里慢慢开出了勤奋的花儿。同年 8 月，阿西巫之莫彝族服饰专卖店开张了，她一边学习钻研、传授指导，一边销售经营、接单揽活儿。她的刺绣不仅沿袭了彝族传统刺绣的特色，还加入了现代元素。由于所刺绣的花纹和所镶的花边图形繁多，图案色调丰富和谐，做工精致，她的绣品逐渐打开了市场，甚至有些供不应求。2012 年，她被省文化厅确定为省级彝族传统刺绣技艺代表性传承人。2017 年，她创办凉山州嘿吗咔文化旅游有限公司，并荣获"四川省首届农村手工艺大师（刺绣、染织类）称号"。为搭建完整的供应链，2019 年她又创办了四川省第一家彝族刺绣专业合作社。她的作品参加省州各类博览会、设计大赛，始终是摘金夺银，名列前茅。

　　2019 年 11 月，凉山州嘿吗咔旅游文化有限公司和甘洛县彝针彝线刺绣专业合作社作为四川省农村手工艺企业代表受邀企业之一，阿西巫之莫将彝族刺绣带到江苏南京——全国新农民新技术创业创新博览会上。并以区域特色鲜明、感染力强，展示出凉山文化艺术多样性和强大魅力，获得国内外嘉宾和观众的高度认可。联合国粮农组织信息技术司司长塞缪尔（Samuel Varas）来现场视察时，还收藏了一幅她的彝绣作品。同年 12 月，四川省博物院征集（购买）阿西巫之莫亲手绣制的新娘装、老年男装、老年女装、青年男装、青年女装、少年男装、少年女装及配饰，查尔瓦、披毡等，共 9 件（套）象征助力脱贫攻坚的作品入馆，总价值 4.5 万余元。

阿西巫之莫和她的作品走进全国新农民新技术创业创新博览会，向外国友人展示彝族刺绣　图片由凉山州妇联提供

从她店铺开业到现在的 26 年来，阿西巫之莫共开设专题培训 45 期，培训彝族妇女 3209 人次。她创办的嘿吗咔文化旅游有限公司成为集研发设计、生产销售为一体化的现代化公司，更多价格实惠、品质精美的彝绣产品走向市场，绣娘和合作伙伴获得了更稳定的经济收入。她成立的甘洛县彝针彝线刺绣专业合作社，鼓励留守妇女农闲时在家做针线活增加家庭收入。

"这个头帕，她（阿西巫之莫）给 300 元的手工费，20 天能绣完，一年能挣 5000 元左右，我们村大部分女人都在做，卡莎莎（谢谢）！"普昌镇哈木觉村彝族妇女阿呷以哈莫说。

经粗略估算，仅 2016 至 2019 年脱贫攻坚期间，阿西巫之莫就带动农村妇女 1700 多人在家挣钱，3 年创收 2500 多万元。

除了阿西巫之莫，普格县的米色莫子洛也是把彝族服饰推广出去，同时带动大家脱贫致富的彝族女能人。

米色莫子洛出生在普格县瓦洛乡翻身村，母亲系彝族服饰非遗传承人的特殊背景，让这名出身特殊的女性从小树立起特殊的愿景——要让传统的彝族服饰与时代碰撞，并融入现代化市场。

米色莫子洛的父亲为退伍转业的林业工作人员，母亲则是从昭觉县嫁到普格县的昭觉约则家族第九代彝族服饰传承人。

在这个普通而又特殊的家庭中，可能因为是女性，米色莫子洛从小便迷恋上色彩艳丽的彝族服饰。当她上到初二那年，就第一次自己手工制作完成一件彝族衣服。"从那一天开始，我就只穿两件衣服了。"米色莫子洛说，一件是校服，必须穿；另外一件就是按照自己意愿设计缝制的彝族衣服。

1976 年，米色莫子洛的妈妈购进一台缝纫机。这一年，通过这一台缝纫机，妈妈让家里成为远近羡慕的第一代"万元户"。这一荣光激荡着米色莫子洛的心灵，她第一次认真思索这门传统更宽的路子在哪里，如何才能将彝族服饰这个产业发扬光大。

在认真思考完这些问题后，米色莫子洛便在心里种下了一棵梦想之树，那便是让传统的彝族服饰走向现代市场。

怀揣梦想，米色莫子洛重新规划人生之路。1989 年，米色莫子洛以班级第二名的成绩考入凉山财贸校。四年学成毕业后，她为了能留在西昌继续自己的梦想之路，毅然舍弃回普格的公务员工作，选择在西昌市第一建筑工程公司就职，开始边上班边创业。

在西昌闯荡的时光，她与朋友一起开过旅行社，开过客栈酒店，办过艺术团，也经营过餐馆。这些在外人看来与彝族服饰毫不相干的行当，米色莫子洛却是在酝酿一条出路。"旅行社可以推荐彝绣旅游产品，艺术团可以展示彝族服饰，餐馆可以弘扬彝族文化……"

2017 年，经过 20 多年的躬耕摸索，米色莫子洛见时机成熟，开始创办凉山古夷彝秀有限责任公司，将零散的行当进行统一整合，将参差凌乱的技艺规范化，以批量生产加代理加盟的模式让传统彝族服饰以真正意义上产品的形式走向市场，融入主流社会。

"始终不忘初心，牢记使命，有个信仰不迷路。"米色莫子洛从小深受其父亲共产党党员正直无私作风影响，早在 1993 年便加入中国共产党。

近年来，随着全国脱贫攻坚激战正酣，身处坚中之坚的大凉山更是"杀声震天"。米色莫子洛便积极投身到全州如火如荼的"树新风助脱贫"行动中，践行着一名具有 20 多年党龄的共产党员的初心使命。"授人以鱼不如授人以渔，只要找上门学习彝绣的，我都毫无保留讲授指点技艺。"

米色莫子洛（右二）为大家毫无保留地讲授指点技艺　图片由凉山州妇联提供

从西昌周边到覆盖全州 17 个县市，从 20 多名到如今的 268 名，正式与米色莫子洛公司签订有合作协议的绣娘规模不断扩大。"在这 268 名固定的绣娘中建档立卡贫困户有 56 人。"米色莫子洛说，公司将一切优惠政策向困难户倾斜，首先公司所有的业务要先满足 56 名贫困户，多出的业务才交由其余绣娘完成；其次，56 名贫困户在价格上还要多优惠 10%。从工种看收入，最低的档次一个月也能收入 1200 元至 1800 元，高一点的一个月能达到 2500 元至 3000 元。

米色莫子洛用朴实的行动践行着使命。而在"巾帼行动"中，相关部门组织的培训及与各地绣娘的交流也拓展了米色莫子洛的视野和思维。通过不断改良产品样式，丰富产品形态，"古夷彝秀"逐步走俏市场，产品辐射云贵川广大彝族聚居地，营业额更是从 2018 年的 180 多万元增加至 2019 年的 400 多万元。

"让彝绣走出大山，走向世界，走进更广阔的世界市场……"一生做一事，初心不曾变。米色莫子洛并不满足外界"事业有成"的评价，已将梦想的目光放在更远的未来。

在脱贫攻坚的道路上，吉克石乌走出了一个多彩的人生。吉克石乌是昭觉县庆恒乡庆恒村妇联主席，因工作出色、村民支持，又当选村支书。2018 年，吉克石乌被选为十三届全国人民代表大会代表；2019 年，获得四川省"三八红旗手"标兵荣誉。

庆恒村，曾是大凉山腹地的一个深度贫困村，道路不通，经济发展滞后。人们思想闭塞，主动送孩子上学（特别是女孩子）的都很少，生活习惯、生活质量也与外面的世界颇有差距。

吉克石乌 2001 年从雷波县嫁到庆恒乡庆恒村尔巴克苦社。她把在学校学到的知识应用到生活中，率先在村里搞起了养殖，她跑过运输，还酿过白酒，日子渐渐富裕起来。自家发展的产业已为村内创造 12 名固定就业岗位，临时性岗位一年可达到 100 名左右。

从妇女的"娘家人"，到村里的"当家人"，吉克石乌很骄傲地说："我是党员民主选上的村支书，是全村男女老少认可了的。"吉克石乌的骄傲来自村里老百姓的认可，而老百姓的认可来自翻天覆地的变化。

这几年来，庆恒村通村的毛路修通了，农网升级改造完成了，彝家新寨建起了，安全饮水的问题解决了，群众看病有了卫生院，农业银行、农商银行来到村里给老百姓提供贷款，解决大伙的燃眉之急，现在还办起了一村一幼，学龄前儿童再也不用在山上"放敞"了。

最初，吉克石乌只是有一个小小的心愿，希望帮助亲戚们过上好日子；但到今天，却实实在在帮助村里的老乡改变了生活。老乡家有大事小情，总会第一个想到她，吉克石乌也会尽其所能地帮助他们，他们都称呼她为"阿乌，嗨妈扎"——"好心肠的阿乌"。

吉克石乌已经连任两届村支书了。这些年来，村里发生了诸多变化，而吉克石乌觉得最大的变化是女性地位的变化。

"过去在我们老家，妇女的地位很低，大事小事都是男人说了算。现在不一样了，妇女不仅能顶半边天，好多事情还要靠女娃儿挑大梁。"吉克石乌说。

在脱贫攻坚中，通过对村内的调研走访，吉克石乌发现很多妇女在农闲时都在做彝族手工绣品，就想到能否组织大家开办彝绣作坊，又能推广彝族文化，还能为这些妇女增加收入。通过协调和寻找场地，庆恒村办起了昭觉县第一家彝绣坊——阿依几几彝绣坊。

彝绣坊解决了不少妇女的就业，而且最好的绣品一件就能够卖到3000元，极大地增加了绣娘的收入。经济收入的提高，又让妇女的地位进一步得到提高。庆恒村发展妇女开展彝绣生产的做法，取得了显著成效，得到高度认可。

在吉克石乌的带领下，村里在"住上好房子、过上好日子、养成好习惯、形成好风气"上下功夫，通过农民夜校，向村民宣传新思想、好政策，组织大家开展"四好"创建。她本人也几乎每天有20小时穿梭在村上的每个角落，协调处理大大小小的扶贫事项，引导村民真正理解扶贫工作，激发大家的主人翁意识，鼓励村民积极参与、顽强奋斗。

为尔巴克苦社23户贫困户修建安全住房期间，当时还没有通组的公路。吉克石乌就带动村领导班子，并发动贫困户，人背马驮，将建筑材料运到建筑工地，通宵达旦地干。榜样的示范最有力，劳动的果实最甜美，奋斗的生活更火热。在这一过程中，没有任何老乡有怨言，终于完成这件大好事。村民们建起的不仅是新房子，更是树立了新的观念。一砖一瓦是亲手搭建的，新生活的道路是一步一个脚印踩出来的，村民们有很强的获得感、幸福感，也更珍惜这份来之不易的幸福。

党和政府的政策帮扶，加上吉克石乌和村民们的努力，庆恒村的脱贫攻坚成效显著。2018 年，庆恒村顺利通过验收，退出贫困村序列。

吉克石乌总说，自己的亲身经历体现了彝族妇女在党的关怀下成长的过程，也体现了彝家女儿在新形势下的成长。

每每看着庆恒村的点滴变化，吉克石乌总是感到很欣慰。在全国人民一起奔小康的道路上，吉克石乌坚信，他们的日子一定越来越好！

吉克石乌近照　图片由凉山州妇联提供

在各级妇联努力推动下，"巾帼行动"计划得以顺利实施，凉山州广大乡村妇女内生动力进一步得到激发，雷波县的彝族残疾人阿子拉洛就是其中之一。

阿子拉洛是雷波县簸箕梁子乡依登阿门村贫困建卡户。1990 年，阿子拉洛经人介绍与彝族青年斯日尔后相恋，但是斯日尔后带着哥哥嫂嫂病逝后留下的侄子，在家人朋友的反对声中，阿子拉洛还是嫁给了斯日尔后。婚后两年，阿子拉洛生下一个女儿，25 岁那年阿子拉洛突发脚疼，并落下残疾。精准扶贫开始后，阿子拉洛家被确定为建卡贫困户。斯日尔后通过培训，掌握了泥工、木工、电焊等技术。在侄子帮助下，一家人自己动手修建了新房，斯日尔后还义务帮助村里其他人家建房。阿子拉洛夫妇的为人，受到村民的好评。

阿子拉洛说，驻村干部教育大家要创"四好"家庭，她虽然不能干重体力活，但可以力所能及做家务事。丈夫在外做工，阿子拉洛把家里家外、房前屋后打扫得干干净净，家具、用品等擦拭得一尘不染。走进阿子拉洛家，看到家具堆放得整整齐齐，房屋内外有条不紊，即使牲口圈舍，也看不到乱糟糟的蜘蛛网，地面干净整洁。阿子拉洛良好的卫生习惯成了教育其他村民的活教材，不仅村两委多次组织村民到阿子拉洛家参观，外村群众也到阿子拉洛家学习经验。受阿子拉洛的影响，依登阿门村乃至簸箕梁子乡的群众正逐步养成讲卫生爱整洁的好习惯。

各地力促巾帼行动

随着"树新风助脱贫"巾帼行动的深入开展，以及"四好创建"、移风易俗、农村人居环境整治等工作的融合推进，盐源县广大妇女以更澎湃的激情、更务实的作风、更雄劲的步伐，顺利实现"一年见成效、两年大变化"的总体目标，把家庭文明建设作为扶贫同扶志、扶智相结合的重要内容，全面推进贫困家庭养成文明习惯、实施科学家教、涵养优良家风，为助推盐源县与全州、全省、全国同步全面建成小康社会交上一份合格的答卷。

木里县注重激励和典型示范，将巾帼行动不断推向高潮。全县基层工作者，巾帼志愿者以及广大家庭积极行动、创新作为，全面推进巾帼助脱贫工作的贯彻落实，为激励广大干部群众以饱满的热情、昂扬的斗志投身"树新风助脱贫"巾帼行动，吸引更多的专业人才和志愿者加入"树新风助脱贫"巾帼行动行列，县妇联推荐全州移风易俗先进集体 2 个，先进个人 4 名，推荐州级"树新风助脱贫"村妇联先进个人 30 名。

按照《木里县村妇联主席考核办法》（木妇发〔2019〕17 号），村妇联主席考核由乡党委牵头，组织乡镇妇联、村两委以百分制打分的方式对村妇联主席进行绩效考核并兑现村妇联主席补助，全县共计兑现 113 个村村妇联主席补助 66.816 万元。

按照《木里县妇联"树新风助脱贫"巾帼行动计划村妇联执委及"三支队伍"激励奖补工作的通知》（木妇发〔2019〕18 号），对全县积极参与"树新风助脱贫"巾帼行动计划无财政补助的基层妇联工作者及巾帼志愿者共计 1500 余名先进个人进行激励奖补，对考核合格的村妇联副主席（每村 2 名）每人给予奖金 400 元，对全县村妇联执委和村"三支"巾帼志愿者队伍工作经过考核分三个等次进行奖励，一等奖 226 名（每村 2 名），每名奖励奖金 500 元；二等奖 565 名（每村 5 名），每名奖励奖金 400 元；三等奖 452 名（每村 4 名），每名奖励奖金 300 元；在妇女群众中评选"最美锅庄舞蹈队员" 100 名，每名奖励奖金 400 元；在全县"村三支队伍"评选先进队伍 30 支，每支队伍中表现优秀的 10 名队员奖励奖金 300 元，累计发放激励奖补奖金 64 万元。

激励奖补政策进一步吸引全县广大妇女和家庭加入"树新风助脱贫"巾帼行动计划中，引导全县广大家庭齐心协力经营好家庭、建设好家乡，助推"树新风助脱贫"巾帼行动保质保量完成阶段任务，确保工作顺利实施，落地落实，达到预期目标。

"树新风助脱贫"巾帼行动计划发起之地昭觉县，为促进计划顺利推进，用考核作为"指挥棒"，建立健全良好的活动运行机制，用制度来规范约束、用制度来管人管事，达到以制度促规范、促提升的目标。在实施巾帼行动过程中实行挂图作战，建立巾帼行动计划进展情况每月上制度，县目督办将"树新风助脱贫"纳入考核，由县妇联一月一报工作开展进度。通过考评，奖优罚懒，树立勤劳致富的好风尚，带动农村家庭和广大妇女群众乐观向上、共建共享健康生活，真正使文明新风吹进各乡、各村、各寨、各个家庭。

昭觉县碗厂乡扶贫帮扶综合工作队队长徐振宇正在给孩子们兑换美德积分，发放爱心礼物　图片由凉山州妇联提供

　　为进一步激发农民群众的内生动力，改变其"等靠要"落后思想，2019 年 5 月起，昭觉县妇联在全县 14 村试点，创建了"里鲁博超市"（汉译为"美德超市"），乡村两级党政和妇联就"文明习惯进家庭、科学家教进家庭、优良家风进家庭"制定了详细的指示，进行定期考核并奖励积分，村民通过积分兑换的方式在"里鲁博超市"兑换奖励物资，奖励物资的来源主要由县妇联下拨及省州妇联和社会力量爱心捐赠，美德超市的建立充分激发了村民的内生动力和主动作为的积极性。2019 年 10 月，"里鲁博超市"在昭觉全县铺开，全域覆盖共建了 263 家"里鲁博超市"，让贫困村和非贫困村的村民都投身"树新风助脱贫"的行动当中来。

尾　声

　　决胜脱贫攻坚，全面实现小康，是凉山大地的历史机遇，更是 500 余万凉山儿女的神圣使命。千百年来，在这片 6.04 万平方公里的贫瘠土地上，不管是甘嫫阿妞、倮伍伍加嫫还是沙马伍个木，大凉山的妇女们，从未停止过改变自然、改变命运的抗争与奋斗，但是，她们从未有过像今天这样更接近胜利，更具有获得感和成就感。大凉山每天都会发生不同的变化，每天都会发生无数令人感动的扶贫故事。大凉山的变化会记录在人们心里，大凉山脱贫攻坚的故事定将被记入史册。

我们相信，在这脱贫攻坚最后冲刺的关键历史阶段，在党和政府的领导下，在各级妇联的组织带领下，轰轰烈烈的"树新风助脱贫"巾帼行动正顺利推进，全州妇女定会将省委、省政府的关心厚爱和省妇联的倾力支持继续转化为强大的内生动力，必将在自己的岗位上感恩奋进发光发热，助力打赢凉山脱贫攻坚战，努力实现"幸福路上一个都不能少"的目标。巍巍大凉山，朗朗蓝天下，在脱贫攻坚的战场上，多少人激情奋战，多少人前仆后继，曾经的贫穷和落后，终将成为历史，未来的康庄和幸福，一定属于凉山儿女的辉煌未来。中华民族的伟大复兴，一定会有大凉山巾帼贡献的智慧和力量！